Goosebumps®

Goosebumps®

Goosebumps®

雞皮疙瘩 8

恐怖樂園

One Day At Horrorland

R.L. 史坦恩（R.L.STINE）◎著

陳昭如◎譯

Goosebumps 雞皮疙瘩

致台灣讀者

讀者們，請小心……

我是R・L・史坦恩，歡迎到「雞皮疙瘩」的可怕世界裡來。

你是否曾在深夜裡聽到過奇怪的嚎叫？你是否曾在黑暗中聽到腳步聲——卻根本看不到人？你是否見過神祕可怖的陰影，幽幽暗處有眼睛在窺視著你，或者身後有聲音叫你的名字？

如果是這樣，你應該了解那種奇特的發麻的感覺——那種給你一身雞皮疙瘩、被嚇呆的感覺。

在這些書裡，幽靈在閣樓上竊竊低語；膽顫心驚的孩子忽而隱形；稻草人活了，在田野裡走來走去；木偶和布娃娃也有生命，到處嚇人。

當然，這些都是磨礪心志的好玩的嚇人事。我希望你們感到害怕，同時也希望你們大笑。這都是想像出來的故事。當然，最可怕的地方在你們自己心裡。

過個害怕的一天吧！

R L Stine

出版緣起

人生從奇幻冒險開始

城邦媒體集團首席執行長　何飛鵬

我的八到十二歲是在《三劍客》、《基度山恩仇記》、《乞丐王子》中度過的。可是現在的小孩有更新奇的玩具、電玩、漫畫，以及迪士尼樂園等。

八到十二歲，正是孩子從字數極少、以圖畫爲主的繪本閱讀，跨越到漸漸以文字閱讀爲主的時期。也正是訓練孩子從圖像式思考，轉變成文字思考的重要階段。在這個階段，養成長期的文字閱讀習慣，能培養孩子敘事、分析、推理的邏輯思辨能力，奠定良好的寫作實力與數理學力基礎。

然而，現在的父母擔心，大環境造成了習於圖像、不擅思考、討厭文字的一代。什麼力量能讓孩子重回閱讀的懷抱呢？

全球銷售三億五千萬冊的「雞皮疙瘩」，正是爲了滿足此一年齡層的孩子的需求而誕生的！

無論是校園怪奇傳說、墓地探險、鬼屋驚魂，或是與木乃伊、外星人、幽靈、吸血鬼、殭屍、怪物、精靈、傀儡相遇過招，這些孩子們的腦袋裡經常出現的角色或想像，經由作者的生花妙筆，營造出一個個讓孩子們縱橫馳騁的魔幻時空、光怪陸離的神奇異界，經歷各種危急險難，最終卻又能安全地化險為夷。這樣的冒險犯難，無論男孩女孩，無不拍案稱奇、心怡神醉！

本系列作品被譯為三十二種語言版本，並在全球數十個國家出版，創下了出版史上多項的輝煌紀錄，廣受世界各地孩子的喜愛。作者史坦恩表示，這套作品之所以成功，是因為多年的兒童雜誌編輯工作，讓他對兒童心理和兒童閱讀需求有了深刻理解——他知道什麼能逗兒童發笑，什麼能使他們戰慄。

我們誠摯地希望臺灣的孩子也能和世界上其他的孩子一樣，有更豐富多元的閱讀選擇。更希望藉由這套融合驚險恐怖與滑稽幽默於一爐，情節緊湊又緊張的「雞皮疙瘩系列叢書」，重拾八到十二歲孩子的閱讀興趣，從而建立他們的閱讀習慣，擁有一個快樂學習的童年。

現在，我們一起繫好安全帶，放膽體驗前所未有的驚異奇航吧！

專文推薦

戰慄娛人的鬼故事

廖卓成
國立臺北教育大學語文與創作系兒童文學教授

這套書很適合愛看鬼故事的讀者。

文學的趣味不止一端，莞爾會心是趣味，熱鬧誇張是趣味，刺激驚悚也是趣味。有人擔心鬼故事助長迷信，其實古典小說中，也有志怪小說一類，《聊齋誌異》就有不少鬼故事。何況，這套書的作者開宗明義的說：「這都是想像出來的故事」，不必當眞。

既然恐怖電影可以看，看鬼故事似乎也無妨；考試的書讀久了，偶爾調劑一下，對頭腦卻是有益。當然，如果看鬼片會連續失眠，妨害日常生活，那就不宜勉強了。

雋永的文學作品，應該有深刻的內涵；但不少兒童文學作品說教有餘，趣味不足。只要有趣味，而且不是害人爲樂的惡趣，就是好的作品。鮑姆（Baum）在《綠野仙蹤》的序言裡，挑明了他寫書就是爲了娛樂讀者。

倒是內行的讀者，不妨考校一下自己的功力，留意這套書的敘事技巧，由主角「我」來講故事，有甚麼效果？書中衝突的設計與化解，是否意想不到又合情合理？能不能有不同的設計？會不會更好？這是另一種引人入勝之處。

導讀

結局只是另一場驚嚇的開始

耿一偉
臺北藝術節藝術總監
臺北藝術大學戲劇系兼任助理教授

不知道大家還記不記得，小時候玩遊戲，比如捉迷藏等，都會有一個人要當鬼。鬼在這個遊戲中很重要，沒有鬼來捉人，遊戲就不好玩。這些遊戲的關鍵特色，不是人要去消滅鬼，而是要去享受人被鬼追的刺激樂趣。所以當鬼捉到人後，不是遊戲就結束，而是下一個人要去當鬼。於是，當鬼反而是件苦差事，因爲捉人沒有樂趣，恨不得趕快找人來替代。所以遊戲不能沒有鬼，不然這個遊戲就不好玩了。

在史坦恩的「雞皮疙瘩系列」中，這些鬼所扮演的角色也是類似遊戲中的鬼，給我帶來閱讀與想像的刺激。各位讀者如果留意一下，會發現在他的小說中，都有一個類似的現象，就是結局往往不是一個對抗式的終局，一種善惡誓不兩立，以消滅魔鬼爲最終目標的故事——這比較是屬於成人恐怖片的模式，不是你死，就是人類全部變殭屍。但「雞皮疙瘩系列」中，你的雞皮疙瘩起來了，可是結尾的時候，鬼並不是死了，而是類似遊戲一樣，這些鬼換了另一種角色，而且有下一場遊戲又要繼續開始的感覺。

礙於閱讀的樂趣，我無法在此對故事結局說太多，但各位看完小說時，可以再回想我在這裡說的，就知道，「雞皮疙瘩系列」跟遊戲之間，的確有類似性。換另一個角度來看，這些主角大多爲青少年，他們在生活中碰到的問題，如搬家面對新環境、男生女生的尷尬期、霸凌、友誼等，都在故事過程一一碰觸。

「雞皮疙瘩系列」令人愛不釋手的原因，也在於表面上好像主角是鬼，但讀到一半，你會感覺到，故事的重點不知不覺地從這些鬼怪轉移到那些被追的青少年身上，鬼可不可怕不是重點，重點是被追的過程中，一些青少年生活中的苦悶，也被突顯放大，甚至在故事中被解決了。所以你會在某種程度感受到，這本書的內容是在講你，在講你的生活，在講你的世界，鬼的出現，只是把這些青春期的事件給激化了。

另一個有趣的現象，是從日常生活轉入魔幻世界的關鍵點，往往發生在父母不在身邊，然後主角闖入不熟識空間的時候——比如《魔血》是主角暫住到姑婆家、《吸血鬼的鬼氣》是闖入地下室的祕道、《我的新家是鬼屋》是新家的詭異房間……等等。

因爲誤闖這些空間，奇怪的靈異事件開始打斷平凡無趣的日常軌道，一段冒險展開了，一場你追我跑的遊戲開始進行，而父母們往往對此毫無所悉，不知道自己的兒女在故事結束時，已經有所變化，變得更負責任，更勇敢。

「雞皮疙瘩系列」的意義，也在這個地方。在平凡無奇充滿壓力的青春期校園生活中，有那麼多不快樂、有那麼多鬼怪現象在生活中困擾著我們，但這無法跟家長說，因爲他們不能理解，他們看不到我們看到的。但透過閱讀，透過想像力所引發的鬼捉人遊戲，這些不滿被發洩，這些被學校所壓抑的精力被釋放了。

幸好有這些鬼怪的陪伴，日子不再那麼無聊，世界可以靠自己的力量改變。

終究，在青少年的世界裡，鬼怪並不是那麼可怕，在史坦恩的小說中，也往往會有主角最後拯救了這些鬼怪的情形，彷彿他們不是惡鬼，而比較像誤闖人類世界的外星人……這也是青少年的焦慮，他們正準備降臨成人世界，這件事讓他們起了雞皮疙瘩！！

這句英文怎麼說

我是莫里斯家最冷靜的人。
I'm the calm one in the Morris family.

1.

當我們踏進恐怖樂園大門的時候，完全沒有預料到，在不到一個鐘頭之後，我們竟然會躺在自己的棺材裡。

我是莫里斯家最冷靜的人。每個人都說：「麗西，妳眞是冷靜。」所以，現在我打算很冷靜的說這個故事。

可是，相信我，這根本就是不可能的事！

我們原來並沒有打算去恐怖樂園的。事實上，這個地方我們連聽都沒聽過。

我們一行五個人擠在爸的豐田小汽車裡，飛馳在前往動物主題公園的路上。爸迷迷糊糊的把地圖丟在家裡了。可是媽說，那地方應該不難找才對。

媽說，快到動物園的時候，附近一定會有很多路標，可以指引我們到那裡。

可是一直到現在，我們連一個路標也看不到。

爸正在開車，媽坐在爸旁邊。我跟我十歲的弟弟路克，還有路克的朋友克雷擠在後面。

這實在不是什麼好位置。我弟從來都不肯安靜下來一秒鐘，尤其是坐在車子裡面的時候。他好像老是有用不完的精力，眞是個超級討人厭的傢伙。

隨著車子開得越久，路克也變得越來越沒耐性。他總是跟克雷打來打去的，可是後座實在是太小了，根本就沒有辦法打鬧。後來他便試著與克雷比腕力，這兩個傢伙一直撞到我，直到我開始發脾氣，大聲喝止他們。

「你們三個爲什麼不玩拼字遊戲呢？」媽回頭建議道，「看看窗外有什麼可以拼拼看的。」

「窗外什麼東西也沒有，」路克說，「就連個路標也看不到。」

「根本就沒有東西可看。」克雷也低聲埋怨。

他說的沒錯。我們正開過一片平坦的沙地。道路兩旁除了有幾株參差不齊的樹之外，剩下的都是沙漠。

這句英文怎麼說

我要走這條岔路。
I'm going to take this turnoff.

「我要走這條岔路，」爸說著，並拿下頭上那頂芝加哥小熊隊的棒球帽，掠掠稀疏的金髮。「我是不是已經走過這條路了？」

家裡只有爸是金髮。媽、路克跟我一樣，都是黑色的直髮和藍色的眼睛。事實上，爸看起來根本就不像我們家的人。我們三個人都長得很高很瘦，皮膚很白。可是爸卻長得很矮，圓圓胖胖的，還有一張老是紅通通的圓臉。

我常常嘲笑他，因爲我覺得他看起來比較像是摔角選手，而不是銀行經理——雖然他是個銀行經理。

「我很確定我們來過這裡。」爸很沮喪的說。

「這很難說。這裡到處都是沙漠。」媽看著窗外回答。

「那眞要謝謝妳的幫忙囉。」爸低聲咕噥。

「我能幫得上什麼忙？」媽很生氣的回嘴，「是你把地圖留在餐桌上的。」

「我以爲妳把它收起來了。」爸喃喃自語道。

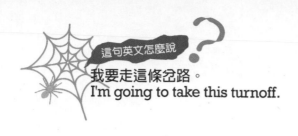

「什麼時候收地圖變成我的工作了？」媽拉高了嗓門。

「你們兩個別吵了！」我很快打斷他們。他們只要一吵起來就沒完沒了，所以最好是在還沒有吵起來的時候，就趕快阻止他們。

「我是瘋狂掐人魔！」路克大叫，並發出一種陰森森的、很像恐怖電影裡的笑聲，然後開始掐克雷的肋骨和手臂。

我最受不了路克玩「瘋狂掐人魔」了。幸好克雷現在坐在我和路克中間，而不是我坐在路克旁邊。通常要制止路克一直掐人的唯一方法，就是揍他一頓。

克雷笑著扭動著身子，他知道路克只是鬧著玩的。他覺得我弟所有的蠢笑話跟惡作劇都很好笑。我想，這就是爲什麼路克會那麼喜歡克雷的原因吧！

他們兩個開始互相掐來掐去，然後路克猛然把克雷往我這裡一推。

「饒了我好不好？」我高聲說。

我知道我不該這麼做的，但我還是把路克推了回去。車子裡面越來越熱，而且我們已經開了好幾個鐘頭了。我還能怎麼做？

「麗西！男孩們！住口！」爸大喊。

「爸，現在已經沒人說『住口』而是說『閉嘴』了。」我很冷靜、也很小聲的告訴他。

這句英文怎麼說

我知道他不是在生我的氣。
I knew he wasn't mad at me.

不知為了什麼，爸變得怒氣沖沖。然後他開始大吼大叫，而且臉都脹紅了。我知道他不是在生我的氣，他是在氣自己找不到動物園。

「大家都深呼吸一口，然後安靜點。」媽建議大家。

「哇！別再掐我了啦！」克雷尖叫起來，還用力推了路克一把。

「你才不要掐我！」我弟邊叫邊推回去。

這些男孩子，簡直和野獸沒什麼兩樣。

「嘿，你們看，前面有個路標！」媽指著前面很大一塊綠色的牌子說。

路克和克雷停止了扭打。爸整個身子倚著方向盤，透過擋風玻璃往外看。

「上面有沒有說動物園在哪裡？」路克很急的問。

「有沒有說這是哪裡？」克雷跟著問道。

爸把車子開到牌子旁邊。上面寫著：「看板出租」。

大家不禁失望的嘆了一口氣。

「瘋狂掐人魔又回來啦！」路克一面喊，一面用力掐了克雷手臂一下。他就是這麼沒有分寸。

「這根本就是條死路，」爸怒氣沖沖的說，「我得在這裡掉頭，然後開回高速公路，如果我找得到路的話。」

「我想你該找人問路。」媽建議。

「找人問路？問誰啊？」爸看起來都快氣炸了，「我問妳，妳一路上有看到什麼人可以問的嗎？」爸的臉又脹得紅紅的，他一隻手扶著方向盤，另一隻握著拳頭的手還揮來揮去的。

「我的意思是，如果你看到加油站的話。」媽喃喃的說。

「加油站？」爸吼了起來，「我連棵樹都看不到！」

爸說的沒錯。從車窗往外看，道路兩旁除了白色的沙跟兩旁的路之外，什麼也看不到。太陽光照得路面閃閃發光，地上的沙子顯得特別的亮，看起來好像雪一樣。

「我本來是打算往北走的，」爸低聲咕噥，「可是沙漠是在南邊，我們一定是走到南邊了。」

「我看你最好掉頭。」媽催促著。

這句英文怎麼說

你最好掉頭。
You'd better turn around.

「我們是不是迷路了？」克雷問。我聽得出來他很害怕。

克雷並不是個勇敢的小孩。事實上，他的膽子非常小。有一天晚上，在我們家後院裡，我只是偷偷走到他後面，然後輕輕叫著他的名字，沒想到他竟嚇得跳起來。

「爸，我們是不是迷路了？」路克又問了一次。

「對，我們迷路了。」爸靜靜的回答，「我們完完全全的迷路了。」

克雷大叫一聲，頹然的坐回位子上，看起來像個洩了氣的汽球。

「你怎麼可以這麼跟小孩子說話？」媽很生氣的說。

「那妳覺得我該怎麼說？」爸反駁道，「我們根本就找不到動物園！我們在一個鳥不拉屎的鬼地方！我們現在被困在沙漠裡，哪兒也去不了！」

「反正你趕快掉頭就是了。我想一定能找到人問路的，別這麼小題大作。」媽柔聲說。

「我們會死在這個沙漠裡，」路克臉上露出陰森森的笑容說：「老鷹會把我們的眼珠子叼出來，然後再吃掉我們的肉。」

你們說，我弟是不是挺有幽默感的？

你們絕對無法想像，每天跟這個討人厭的傢伙在一起是什麼感覺。

「路克，別再嚇唬克雷了。」媽回過頭來瞪著路克。

「我才不怕！」克雷堅持道。可是他明明看起來就一副很害怕的樣子。他的圓臉變得很蒼白，而且躲在眼鏡後面的雙眼還眨個不停。他像羽毛一般的金色短髮，再加上那副圓眼鏡，看起來就像是隻被嚇壞的貓頭鷹。

爸一邊喃喃自語，一邊把車子的速度放慢。他把車掉回頭，往我們來時的方向開去。「這個假期真是棒透了！」他說得咬牙切齒。

「反正時間還早嘛！」媽看看腕上的手錶說。

近午的太陽正在我們頭頂上。透過車頂的天窗，我可以感覺到太陽熱烘烘的溫度。

車子又開了大約半個鐘頭，路克想跟克雷玩「益智問答」或是「猜地名」的遊戲。克雷卻悶悶說了聲「不要」。他一直望著外面，看著沙漠從車窗外飛逝而過。每隔幾分鐘，他就會問：「我們還是迷路嗎？」

這句英文怎麼說

該吃午餐了吧？
Is it lunch-time?

「完完全全迷了路。」爸不太高興的回答。

「不會有事的。」媽想讓我們安心。

車子開著開著，終於又看到那些參差不齊的樹了。又過了一會兒，沙漠的景色便被長著零星樹木與小灌木的黑土地給取代了。

我把手放在腿上，靜靜的盯著窗外看。我好希望可以看到一間加油站、一家商店，或者任何一個活著的人！

「我餓了，該吃午餐了吧？」路克抱怨道。

爸發出一聲長長的嘆息，就像是輪胎洩了氣似的。他把車子停在路邊，伸手到媽座位前的置物箱裡翻找，「這裡總該有張地圖什麼的吧？」

「沒有，我已經找過了。」媽告訴他。

正當他們又要吵起來的時候，我抬起頭，看著頭頂上的天窗。

「哇！」一隻很可怕的怪物正盯著我，我嚇得放聲大叫。牠壓低著碩大無比的頭，快要把整輛車給壓扁了！

2.

我嚇得張開嘴巴想要尖叫，可是卻怎麼樣也叫不出來。

那隻大怪物透過天窗死盯著我看。牠大概有一棟大樓那麼高，紅眼睛裡閃爍著邪惡的光芒，同時還張著一張血盆大口，一副想吃人的模樣。

「爸……爸……」我終於結結巴巴的喊了出來。爸還彎著身子在抽屜裡翻翻找找。

「哇！」我聽到路克大叫。

我轉過身，看見路克正抬頭往上看。他的藍眼睛睜得大大的，看起來很害怕。

「爸？媽？」我的心跳得好厲害，整個胸口都快要炸開了。

「麗西，怎麼啦？」媽沒什麼耐性的問。

這句英文怎麼說

我的心跳得好厲害。
My heart was pounding so hard.

那隻怪物把頭低了下來，張著大嘴，準備要把整輛車子給吞下去。

這時路克竟大笑了起來。「哇！眞是太酷了！」他高喊。

這時我才發現，原來那隻怪物不是活的。它只是立在一個巨大廣告招牌上的機械模型而已。

我連忙伸長了脖子，想從車窗外看得更清楚一點兒。爸把車子停在廣告牌的旁邊。我爸和我媽還在爲了地圖的事吵個不停，根本就沒有注意到這隻怪物！

我抬頭看著那隻紅眼怪物。它伸出頭，張開嘴巴，先是把嘴巴闔起來，然後又抬起它那個巨大無比的頭。

「它看起來好像眞的喔！」克雷邊盯著它看邊嚷。

「它可沒有騙到我！」我撒了謊。因爲我不想承認自己剛才幾乎嚇得想從天窗跳出去。畢竟，大家都認爲我很冷靜。

我搖下車窗，探出頭去，想看看機械怪物前面的牌子上寫些什麼。幾個紅色的大字寫著：歡迎來到恐怖樂園，在這裡，你的惡夢都會成眞！

牌子的左上角有一個深紅色的箭頭，上面寫著「一英里」。

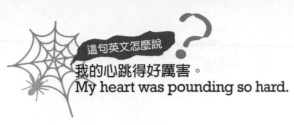

「我們可不可以去那裡玩？」路克央求著。他把整個身體往前靠，還用手抓著爸的椅背，「可不可以？爸？好不好嘛？」

「那裡看起來好像滿可怕的。」克雷輕聲說。

爸猛然關上前座的置物箱，嘆了口氣。我想他已經放棄找地圖的念頭了。

「路克，別一直拉我椅子，」他很生氣的吼了一聲，「回去坐好！」

「我們可不可以去恐怖樂園？」路克懇求著。

「恐怖樂園？什麼恐怖樂園？」媽問。

「聽都沒聽過。」爸嘀咕道。

「它離這裡只有一英里而已，」路克哀求著，「而且看起來好像很棒。」

那隻機械怪物在車子上方，低著頭，透過天窗看著我們，然後又抬起頭。

「我可不這麼認為，」媽盯著那個巨大的廣告招牌說，「動物園是個很棒的地方。可是這個恐怖樂園看起來好像不怎麼樣。」

「它看起來好極了！」路克堅持著，然後又拉拉爸的椅子，「它看起來簡直是棒透了！」

這句英文怎麼說

那裡看起來好像滿可怕的。
It looks kind of scary.

「路克，回你的座位。」爸命令他。

「去看看嘛，」我在一旁幫腔，「反正我們也沒找到動物園。」

媽很猶豫的咬咬下唇，「我不知道，」她有點煩躁的說，「這種樂園有的時候不太安全。」

「這裡安全得很啦！」路克強調，「絕對非常安全！」

「路克，回你的座位去！」爸對他大吼。

「我們可不可以去嘛？」可是路克完全無視於爸的命令，繼續哀求。「好不好嘛？」

「說不定會很好玩喔！」克雷輕聲的說。

「去玩玩看嘛，」我附和著說：「如果我們覺得不好玩的話，隨時都可以離開。」

爸摸摸下巴，嘆了一口氣。「嗯，我想去那裡看看，總比坐在這個什麼都不是的地方，然後一整天都在吵架要來得好吧！」

「萬歲！」路克高聲歡呼。

路克和我越過克雷，互相擊掌叫好。我覺得恐怖樂園聽起來還挺酷的。我向來很愛那些很恐怖的遊戲。

「如果那裡的遊戲跟這隻怪物一樣可怕的話，」我指指前面的廣告招牌，「那表示這個樂園一定很棒！」

「妳不是眞的覺得，這個樂園會很恐怖吧？是不是？」克雷問。我看到他的雙手緊緊抓著膝蓋，而且又露出嚇壞了的貓頭鷹的模樣。

「不會啦，不會有那麼恐怖啦。」我安慰他。

哦！我可眞是大錯特錯了。

「我簡直是不敢相信，竟然會有人在這麼偏僻的地方，蓋一座那麼大的主題樂園。」爸說。

我們開過一片無止盡的森林。兩旁的道路佈滿了參天古木，幾乎把近午的陽光都遮住了。

「也許這個樂園還沒有蓋好，」媽說，「也許他們會砍掉這些樹，再把樂園

這句英文怎麼說

停車場好空喔。
The parking lot is nearly empty.

蓋在這裡。」

我們坐在後座的三個人都希望媽說錯了。事實上，她也真的說錯了。

前面的路突然出現一個轉彎。當我們駛出那條彎路，便看到樂園巨大的門矗立在眼前。從高高的紫色圍牆往裡看，恐怖樂園好像非常大。

我探身向前，可以看到一些遊樂設施，以及奇形怪狀、五顏六色的建築頂端。

當我們駛進偌大的停車場時，一陣毛骨悚然的風琴聲突然竄進車裡。

「耶耶耶！這真是太好玩啦！」路克高興的叫出來。

克雷和我也很開心的表示贊同。我簡直迫不及待的想跳出車子去看看。

「停車場好空喔。」爸有點緊張的看著媽說。

「這表示我們玩任何遊戲，都不用大排長龍啊！」我很快的接腔。

「我想麗西很喜歡這裡。」媽笑著說。

「我也是！」路克高聲叫道，然後興奮的掐掐克雷的肩膀。他總是喜歡打打人，或者是掐掐人。

我們穿過寬闊的停車場，只看到前門停了幾輛車子。停車場的另一邊則是停了一排紫色綠色相間的巴士，車身上還寫著「恐怖樂園」幾個字。

當我們駛近大門時，我終於看清楚了。大門上有個紫、綠相間的大牌子，後面還站著一隻我們先前看過的機械怪物。牌子上寫著：恐怖樂園的恐怖鬼歡迎你們的光臨！

「我看不懂，」媽說，「什麼是恐怖樂園的恐怖鬼？」

「等一下就知道了！」我興奮的回答。

陰森森的風琴聲，再次以吵死人的音量傳遍整個停車場。爸很快把車子停在大門右邊的一個空位上。車子還沒有停妥，路克和我便急急忙忙推開車門衝了出去。「咱們走！」我大喊。

路克、克雷還有我跑向恐怖樂園的大門。我一面跑，一面盯著站在牌子前面的一隻綠色怪物。這隻怪物不像廣告招牌上的那隻會搖頭，可是看起來很逼真。

我回頭看到爸和媽快步朝我們走過來。「這裡一定很好玩！」我說。

突然一聲巨大的爆炸聲，震得一時之間天搖地動，我嚇得簡直快喘不過氣來。我很快回頭一看，只看見我們的車竟然被炸成一塊塊的碎片！

這句英文怎麼說

這裡一定很好玩！
This is going to be very cool!

3.

我嚇得驚聲尖叫了好久好久。最後，我好不容易嚥了一口口水，才沒有繼續叫下去。

我們全都嚇得目瞪口呆。整輛車子被炸得只剩下扭曲變形的金屬碎片，和沒有燒完的灰燼。

「怎麼會……？」爸嚇得只說得出這幾個字。

「我……我真是不敢相信！」我結結巴巴的說。

「還好我們都不在車子裡！」媽哭著把我們抱得緊緊的。「幸好大家都沒事！」

路克和克雷始終不發一語。他們只是瞪大了眼睛，默默看著車子爆炸的殘骸

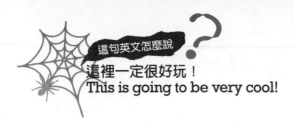

發呆。

「我的車！」爸的聲音裡帶著恐懼。「我的車……怎麼會？怎麼會這樣？」

「至少我們都沒事，」媽喃喃自語，「我們都沒事。這個爆炸真是太可怕了。到現在，我的耳朵裡都還響著那可怕的爆炸聲。」

「我……我得打電話報警！」爸一面搖頭，一面咕噥著走向大門。

「車子怎麼會被炸成那樣呢？親愛的！」媽緊跟在爸後面問，「到底是什麼原因會炸成那樣？」

「我怎麼知道？」爸很生氣的說：「我……我不懂！我真的不懂！現在我們該怎麼辦？」他的聲音聽起來很惶恐。

我不怪他。爆炸眞的是太可怕了。

一想到如果爆炸時我們還在車子裡，會是什麼景況的時候，我不禁嚇得整個背脊發涼。

「這裡也許有可以租車的地方。」媽出了個主意。

媽很像我，在危急的時刻還能保持冷靜。

這句英文怎麼說

我得打電話報警！
I've got to call the police!

我們跟在爸後面，一路跑到入口前的售票亭。有隻綠色的怪物正站在亭子裡面，他有一雙向外鼓出來的黃眼睛，頭上還長著黑色的彎角。這套怪物衣服眞是棒呆了。

「歡迎來到恐怖樂園，」他粗聲粗氣的說，緊接著一陣低沉刺耳的風琴聲從售票亭裡傳出來。「我是恐怖樂園的恐怖鬼。所有的恐怖鬼和我祝你們有恐怖的一天。」

「我的車！」爸很生氣的吼道，「我的車爆炸了。我要打電話！」

「很抱歉，先生。這裡沒有電話。」那個穿著怪物衣服的傢伙回答道。

「什麼？」爸氣得脹紅了臉，前額還淌著汗水。「可是我非打電話不可！現在就要！」爸很堅持，同時怒氣沖沖的看著那個綠色怪物。「我的車爆炸了！我們被困在這裡了！」

「我們會照顧你們的。」怪物用低沉得近乎耳語的聲音陰森森的說。

「你們什麼？」爸大吼，「我們需要一輛車子！我需要電話！你聽懂了沒有？」

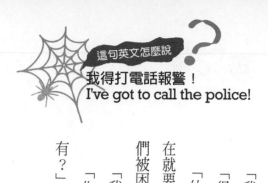

「這裡沒有電話。」怪物又重覆說了一次。「不過，先生，請你讓我們來照顧你們。別讓這點小事，破壞了你們到恐怖樂園的遊興。」

「破壞我們的遊興？」爸高聲大喊，臉也脹得越來越紅。「可是我的車……」

這時一陣巨大而刺耳的風琴聲，把我們大家嚇得都跳了起來。那種毛骨悚然的音樂聲，讓我覺得好像置身在恐怖電影裡！

「我們會照顧你們的，我保證，」恐怖鬼臉上浮現一抹詭異的微笑。「請盡情享受在這裡的時光，不用擔心交通的問題。其他的恐怖鬼和我一定會好好照顧你們的。」

「可是……可是……」爸急急忙忙的說。

恐怖鬼用手指指樂園。「貴賓請往這邊走。免費入場。對於你們的車，我感到十分抱歉。請不要擔心，我保證，你根本不需要擔心你的車。」

爸轉向我們，額頭上還是不停的冒汗。我看的出來他真的很沮喪。「我……我現在真的沒有心情玩，」他說，「我還是不敢相信會發生這種事，真的是無法相信。我們應該想辦法弄到一輛車子，然後……」

這句英文怎麼說

你根本不需要擔心你的車。
You will have no need to worry about your car.

「拜託啦，爸！」路克大喊，「拜託啦！讓我們進去玩一玩，好不好？何況他說會好好照顧我們。」

「就一下下，好不好？」我也加入懇求的行列。

「我們已經開了好長一段時間，」媽對爸說，「進去玩一會兒也好，讓他們發洩發洩多餘的精力。」

爸眉頭深鎖，思考了一會兒。「好吧，不過只能玩一下子。」他終於同意了。

當我們走進大門的時候，風琴聲變得更大聲了。「哇！看看這個地方！」我叫了出來，「看起來就跟恐怖電影一樣。」

我們站在一條鋪滿棕色小圓石子的路上。路的兩旁盡是些奇形怪狀的深黑色茅屋，參天巨木遮住了陽光。空氣裡瀰漫著冷冽的感覺。

茅屋裡傳來陣陣低號，聲音很像是狼的叫聲。

「太酷了！」路克說。

有個牌子上寫著：歡迎到狼人村。除非你無法控制，否則別餵狼人吃東西。

嚇人的狼嚎聲越來越大了。

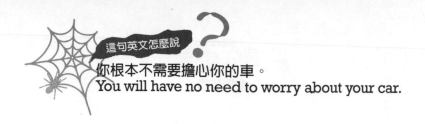

路克和我開始嘲笑牌子上的字。

我看到一隻綠色怪物，一個恐怖鬼，站在路對面的茅屋裡，正透過深色的窗子盯著我們看。

另一個恐怖鬼抓著一個很逼眞的人頭從我們旁邊走過去。他抓著人頭上的金髮，一路上還把那顆人頭前後甩來甩去的，像是在玩溜溜球似的。

「太酷了！」路克又說了一次。他今天好像只會說這句話。

我們沿著圓石子路往前走。運動鞋走在石子路上的聲音，透過茅屋牆壁的反射，產生陣陣的回聲。

「啊！」突然有一隻灰色的狼跑過我們前面，大家不由的嚇得放聲大叫。可是在我們還沒有看清楚之前，牠便消失在茅屋後面了。

「那是眞的狼嗎？」克雷顫抖的問。

「當然不是，」我告訴他，「那或許只是一隻狗，或者是其他的機械動物。」

「不管怎麼樣，他們倒是把這個樂園整理得很乾淨，」媽努力用很開心的口吻說，「這裡連一張紙屑，或是一點灰塵都沒有。當然啦，因爲並沒有很多人來

這句英文怎麼說

你現在正在氣頭上。
You're in such a frantic state.

玩的緣故。」

爸慢吞吞的跟在後面，「我……我得找到電話，」他很生氣的說：「除非我知道該怎麼回家，否則我沒有心情玩。」

「可是，親愛的……」媽想勸爸。

「這裡一定有電話，」爸打斷她的話，「你們自己去玩，別管我。」

「不行，我要跟你去，你現在正在氣頭上，需要我來打電話。而且我們不在，孩子們會玩得更開心。」媽說。

「把他們留下來？」爸放聲大叫：「妳是說讓他們自己去玩？」

「對啊，」媽很快跑到他旁邊，「他們不會有事的。這裡看起來不錯，不會發生什麼事的。」

眞的不會發生什麼事？

然後，他們便匆匆忙忙跑去找電話了。

「待會兒在這裡見！」媽朝我們喊道。

突然之間，就只剩下我們三個人了。

我轉身看著爸媽快步離開。當我回過頭來，竟然看到一隻大灰狼從茅屋後面跳出來，還不斷的低吼著。

當那雙饑餓的紅眼睛牢牢的盯著我們的時候，我們已經嚇得像是凍僵了一樣……

這句英文怎麼說

那隻狼發出了一聲低吼。
The wolf let out a deep growl.

4.

我放聲尖叫，拉著路克和克雷急急往後退。

那隻大灰狼蹣跚的向我們跑過來。牠低著頭，瞪著紅通通的眼睛，嘴巴張得大大的，一副很餓的模樣。

「這是……這是真的！」克雷鼓起勇氣說。我把手搭在他肩上，可以感覺到他在發抖。

那隻狼發出了一聲低吼，然後又跑回茅屋了。

我告訴克雷：「那一定是機械怪物。」

克雷說：「我們去別的地方吧！」他的臉色變得好蒼白。

「那邊那個牌子上面寫什麼？」路克邊問，邊往牌子那裡跑過去，克雷和我

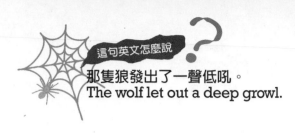

緊跟在後。

牌子上面寫著：嚴禁掐人。

路克笑了起來：「眞是蠢極了！」

「這個牌子好蠢喔！」克雷也附和。

「路克，那個牌子是特別爲你準備的！」我一面說，一面在他手臂上用力的掐了一下。

「嘿，妳不認識字啊？」他很生氣的還用手指指那個牌子。

我看見路的另外一頭，有個綠色的恐怖鬼正看著我們。還有一家人從茅屋前走過去，有媽媽、爸爸，還有一個小女孩。那個小女孩不知爲了什麼在哭，她的爸爸媽媽把手放在小女孩肩上，一臉沮喪。

這時，一聲狼嚎劃破了四周的寂靜。

「我們去找找看有什麼好玩的遊戲！」克雷建議道。

「而且要恐怖一點的！」路克加了一句。

我們緊緊的挨在一塊兒，並肩走出了狼人村。路變得比較寬，變成一個圓形

這句英文怎麼說

那個牌子是特別為你準備的。
That sign was meant just for you.

的廣場。一踏出了狼人村，白花花的陽光又出現了。

這個廣場四周圍繞著幾棟紫色和綠色相間的建築。我看到幾家遊客，還有幾個穿著綠色衣服的怪物，不停的四處張望。有個矮矮胖胖的怪物，站在紫綠相間的推車後面賣蛋捲冰淇淋——而且是黑色的冰淇淋！

「好噁心喔！」路克做了個鬼臉。

我們很快的走過推車，又看到一個「嚴禁掐人」的牌子，然後來到一棟高大的紫色山形建築前面。

「這裡有好玩的！」我告訴他們。

入口是在山的側面，而且上面還掛了一個牌子：死亡溜滑梯。你會是溜到永遠的那個人嗎？

「太酷了！」路克大叫，然後與克雷相互擊掌叫好。

「我敢打賭你們會爬到最上面，然後再從上面一口氣滑下來。」我指指那個模樣像山一樣的建築說。

「我們走！」路克很興奮的喊著。

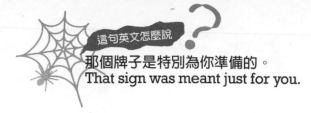

我們很快跑到那棟建築，然後走進了入口。裡面既陰暗又冰冷，還有一個寬闊的坡道直通到頂。

我可以聽到孩子們的尖叫聲與笑聲，可是卻看不到他們在哪裡。我們三個人半走半跑的爬上坡道，想要趕快爬到上面。

當我們爬到一半的時候，停下來看到另一個牌子，上面寫著：警告！你可能會滑向死亡！

我不斷聽到往下滑的孩子們發出陣陣尖叫聲。可是這裡實在是太暗了，什麼也看不到。

「你怕不怕啊？」我問克雷，因爲他看起非常緊張的樣子。

「才不怕咧！」他顯得有些尷尬，不過還是逞強著說。

「我以前看過這種東西，它們就像是很大的滑板。只要坐上去，然後往下滑就好了。」

「快點！」路克跑在我們前面大聲喊道。

「嘿，等一下。」我邊說邊跟著他們來到坡道的頂端。我們站在一個很大的

這句英文怎麼說

實在太暗了，什麼也看不到。
It was too dark to see anything.

平台上。一排彎彎曲曲的溜滑梯一直延伸到平台的盡頭，編成一到十號。

藉著昏暗的燈光，我看到兩個站在溜滑梯前面的恐怖鬼正看著我們。我們一走近，還可以看到他們鼓起來的黃眼睛閃閃發光。

「我們會一直滑到底嗎？」路克問其中一個恐怖鬼。

那個恐怖鬼點點頭。

「速度會很快嗎？」克雷問的時候，還很猶豫的往後退了幾步。

恐怖鬼再度點點頭，並且粗聲粗氣的說：「而且會滑很久。」

「慎選你們的溜滑梯，」另一個恐怖鬼警告我們，「千萬別選擇死亡溜滑梯。」

他用手指著溜滑梯前面黑色的號碼。

「是的，千萬別選擇死亡溜滑梯。」他的搭檔又再說了一次，「否則你會一直滑下去，直到永遠。」

我笑了起來。

他只是想要嚇唬我們罷了，對不對？

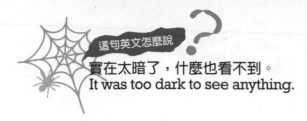

5.

我選了三號溜滑梯，因爲三是我的幸運數字。路克坐在我旁邊的溜滑梯上，他選的是二號。至於克雷則是爬到離我們最遠的十號溜滑梯。

我回頭看看那兩個恐怖鬼在做什麼。可是在還沒看清楚之前，就覺得屁股下面的滑梯一斜。

我開始往下滑的時候，忍不住高聲尖叫起來。

我把整個身體躺平了，高舉雙手，然後一路放聲大叫。我的叫聲在巨大的、黑漆漆的、有著死亡溜滑梯的山谷裡迴盪。

這種感覺眞是棒極了。溜滑梯彎來彎去的，我在黑暗中往下溜的速度也越來越快。

這句英文怎麼說

我選了三號溜滑梯。
I chose slide number three.

透過微弱的光線，我可以看到旁邊的路克。他躺在溜滑梯上，眼睛直盯著上方，嘴巴還張得大大的。

我想叫他。可是溜滑梯突然轉了一個彎，便往別的方向去了。

不斷的往下滑，往下滑。

我滑得很快，周遭的黑暗變得一片模糊。

溜滑梯一會兒往上拐，一會兒繞圓圈，一會兒又往下滑。我就像是個人做的摩天輪一樣，真是開心極了。

不斷的往下滑。四周變得越來越暗。

我想我現在滑的速度，一定比光速還要快。

我環顧周遭的溜滑梯，想看看路克和克雷在哪裡。可是實在是太黑了，而且我又滑得太快，根本就看不到。

太快了。

突然，「砰」的一聲。

前面溜滑梯的出口突然打開了。我一屁股重重的摔在地上。

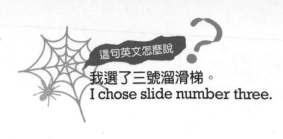

是外面。我回到外面了。

然後，又是「砰」的一聲。

路克摔在我的旁邊，他的背撞在地上，身體還是躺得平平的，一副不想起來的樣子。他咧著嘴望著我笑，「我在哪裡啊？」

「回到地面上了。」我邊說邊站起來，拍拍牛仔褲上的灰塵，然後用手整理一下辮子。「很棒的一趟滑行，對不對？」

「我們再去滑一次！」路克躺在地上說。

「想再去滑一次的話，就趕快起來。」我說。

「拉我一下。」他伸出手。

我呻吟著用力把他拉起來。「你自己不會起來啊？」我很不耐煩的說。

「妳剛才在裡面一直尖叫。」他告訴我。

「我是故意的，因為我想尖叫。」我說。

「是喔、是喔。」他的眼珠子轉了一下，然後站了起來。「哇，我覺得有點頭昏。妳覺得我們剛才滑得有多快啊？」

這句英文怎麼說

我覺得有點頭昏。
I'm a little dizzy.

我聳聳肩，「相當快吧，我想。裡面太暗了，所以很難判斷到底滑得有多快。」

這時我才發現，在我們盡情玩樂的時候，克雷卻不見了。我看著牆上已經關上的溜滑梯出口，等著克雷跳出來。

「他跑到哪裡去了？」路克喊道，「他不可能比我們慢那麼久——是不是？」

我搖搖頭，覺得有點緊張。我的胃開始抽筋，頓時手也變得又濕又冷。

「快點啊，克雷，」我盯著牆壁，不斷的禱告，「快點出來啊！」

路克搔搔他的黑髮問：「克雷會去哪裡了呢？他爲什麼還沒有出來？」

「也許他是從前面出來的，」我說，「也許十號溜滑梯是從前面出來。我們快去看看。」

當我們繞著大樓跑的時候，我很氣自己爲什麼那麼容易受到驚嚇。克雷當然會從不同的出口出來嘛！也許他正在前面等我們。也許他正在爲我們擔心呢！

我們繞著那棟紫色建築物跑，巨大的環狀廣場又出現在眼前。我想找爸和媽，可是卻找不到。廣場的另一邊只有幾家人，還有那個矮矮胖胖的綠色恐怖鬼倚在冰淇淋推車旁邊。

完全沒有克雷的蹤影。

路克和我一直跑、一直跑，往死亡溜滑梯的入口跑去。跑到那個黑漆漆的入口前面幾公尺遠，我們便停了下來。

「他不在這裡！」路克氣喘吁吁的大叫。

我跑得上氣不接下氣，而且也感到越來越害怕。「不，不會是克雷吧？」我喃喃的說。

「我們現在該怎麼辦？」路克的藍眼睛睜得大大的，充滿了恐懼。

這時，我看見一個女的恐怖鬼站在入口。「嘿！」我跑過去叫她，「妳有沒有看見一個小孩從這裡跑出來？」我屏住氣問她。

她面具外面的那雙黃眼睛一閃一閃的。她回答我說：「沒有。這只是入口，沒有人會從這裡出來。」

「他留著金髮，長得圓圓胖胖的，還戴著一副眼鏡。」我告訴她，「還有，他穿了一件藍色T恤和牛仔短褲。」

這句英文怎麼說

完全沒有克雷的蹤影。
No sign of Clay.

恐怖鬼搖搖頭說：「沒有，沒有人從這裡出來。妳有沒有去後面找過？大家都是從後面出來的。」

「他不在這裡！」路克顫抖著說：「我們兩個都出來了，可是他卻沒有！」我弟的聲音變得又尖又急。他不停的喘著氣，整個胸口上下起伏，看起來非常恐懼。

我也很害怕。可是爲了路克，我必須保持冷靜。

「他沒有從後面出來，也沒有從前面出來。到底發生了什麼事？」我問那個恐怖鬼。

恐怖鬼沉默了好久，然後才低聲說：「也許你們的朋友選擇了死亡溜滑梯！」

6

我瞪著那個穿著恐怖鬼衣服的女人問道：「妳……妳是在開玩笑的，是不是？」我吞吞吐吐的說，「我是說，死亡溜滑梯——那只是個玩笑吧？」

她鼓著那雙黃眼睛回瞪我，沒有說話。「牌子上已經警告過你們了，」她說，「這裡到處都有警告。」

她說完話一轉身，便消失在漆黑的入口裡，留下路克和我兩個人面面相覷。

我費力的嚥下口水，覺得口乾舌燥，雙手變得十分冰冷。

「這眞是太蠢了！」路克嘀咕著，手還插在牛仔褲的口袋裡不停的動來動去。「只不過是溜滑梯嘛，她幹嘛要這樣子嚇我們？」

「我想，那是她的工作吧。」我告訴他。

這句英文怎麼說

我想，那是她的工作。
I guess that's her job.

「我們得趕快找到爸跟媽。」路克小聲的說。

「我們得先找到克雷，」我告訴路克，「如果爸和媽發現我們把克雷搞丟了，一定會很生氣，而且一找到克雷，就會馬上帶我們回家。」

「如果我們找得到他的話。」路克悶悶不樂的說。

我回頭看了一下廣場。爸和媽不在那裡。兩個青少年正在恐怖鬼的推車那兒買黑色冰淇淋。還有兩個恐怖鬼正肩並著肩，用手推式掃帚在打掃廣場。

這時遠處傳來一陣狼嚎，是從狼人村那裡傳過來的。

太陽正高高的掛在空中，照在我的頭上和肩上。可是我還是覺得全身發冷。

「克雷——你在哪裡啊？」我高聲喊著。

「他正在永無止境的往下滑，」路克搖搖頭說，「在死亡溜滑梯裡不停的滑，直到永遠。」

「蠢斃了！」我這麼說。可是路克的話卻給了我一個主意。「走吧！」我用力扯著路克上衣的領子，拉著他往漆黑的入口走去。

「啊？去哪裡？」路克想掙脫。

「我們得再去溜滑梯那裡。」我告訴他。

他驚訝得張大了嘴巴。「就我們兩個？沒有克雷，我們不能再回去那裡。」

「我們是要去那裡找克雷。」我緊緊抓住他的手臂，把他推向那個黑漆漆的、打開著的入口。

「妳是說……？」我弟終於明白我的意思了。

我點點頭。「對，我們得跟著他走，去坐一趟他選的那個溜滑梯。」

「十號溜滑梯。」路克低聲說。然後他又輕輕加了一句：「死亡溜滑梯。」

「我們要去坐一趟死亡溜滑梯，看它會不會帶我們找到克雷。」我說。

於是我們兩個人靜靜的爬上坡道。我們腳下的運動鞋砰砰作響，在巨大深邃的山谷裡發出陣陣回音。

經過半路上那個警告牌時，我再看了一次那個警告牌，上面寫著：警告！你可能會滑向死亡！

克雷——你還在不停的滑嗎？我眞想知道。

我用力搖搖頭，想把腦子裡那些可怕的想法甩掉。他當然不可能一直滑下

這句英文怎麼說

我們靜靜的爬上坡道。
We climbed the ramp in silence.

去。我怎麼會有那麼蠢的想法？

那兩個恐怖鬼還站在溜滑梯前面。「慎選你們的溜滑梯。」其中一個恐怖鬼警告我們。

「我們知道要選哪一個，」我說得上氣不接下氣，「十號溜滑梯，我們兩個都是。」

站在溜滑梯旁邊的恐怖鬼示意我們坐下。我看看路克，他站在我的後面，嚇得整個臉繃得緊緊的。

他拉著我往後退了幾步，輕聲說：「也許我們不該這麼做。」

「爲什麼不？」我很不耐煩的回答。

「如果那個警告牌上寫的是眞的呢？」路克問我。

「別傻了好不好？」我說，「這是個遊樂園耶，還記得嗎？他們才不會謀殺小孩，或是讓小孩子去送死。這一切都只是好玩罷了！」

路克嚥了一口口水說：「妳確定嗎？」

「當然很確定，」我說，「你現在到底要不要去找克雷？」

路克點點頭。

「那我們走吧。」我命令他。

我們坐在十號溜滑梯的頂端。路克噗通一聲跌坐在我的後面，雙腿伸開在我兩條腿的外側。

我感到下面的溜滑梯開始傾斜。然後我們便開始往下滑。

「克雷，我們來了！」我高聲叫了起來。

這句英文怎麼說

這次我沒有尖叫。
I didn't scream this time.

7

這次我沒有尖叫，只是用手抓緊了褲子，咬緊了牙根。

我當然沒有心情享受這次的滑行，只希望能夠趕快到達終點。我想要解開這一切的謎團，以及盡快找到克雷。

我們兩個一起往下滑的時候，路克用手緊緊摟著我的腰。當我們「砰」的一聲撞了一下時，好像快要從溜滑梯上飛了起來。路克忍不住驚聲尖叫。

突然，溜滑梯變得很陡——幾乎是垂直的，我們開始往下掉。

我們又重重的撞了一下，然後溜滑梯又猛然向右彎。我們禁不住喊出聲來，心臟都快要跳出來了。

在無盡的黑暗中，我們滑行的速度越來越快。我想看看其他的溜滑梯，可是

裡面實在是太暗了，就連我自己腳下的運動鞋都看不到！

路克把我的腰摟得好緊，讓我幾乎快喘不過氣來。我叫他把手放鬆一點，可是他尖叫得太大聲了，根本就聽不見我的聲音。

往下滑，不斷的往下滑。

四周一片漆黑。

我們又重重的撞了一下，重到都快把我們拋到空中了。然後，溜滑梯又突然往左轉了個彎。

這下子總該滑到盡頭了吧，我想。

因爲我們已經滑了好長一段時間了。

我用力咬緊牙根，用雙手抱住身體好保護自己，因爲在飛出坡道的時候，一定會摔在地上。

可是坡道並沒有開口。

這趟滑行還沒有結束。

我們下滑得越來越快。空氣又濕又熱，我不停的喘氣，簡直快不能呼吸了。

這句英文怎麼說

我試著打消腦袋裡那些悲觀的想法。
I struggled to force those frightening thoughts from my mind.

溜滑梯又陡又彎，把我們拋向又深又濃的黑暗裡。

我們會一直滑、一直滑，直到永遠。

那個警告牌沒有說錯。

我試著打消腦袋裡那些悲觀的想法。

突然間，路克變得非常沉默。「你還好嗎？」我問他。

「我不知道，」他回答，兩隻手又摟得更用力了。「爲什麼我們會滑這麼久？」

「你弄痛我了！」我叫出聲來。

他稍微鬆了手，「我不喜歡這個溜滑梯！」他在我耳邊咆哮。

我們又用力的撞了一次。他的手從我身上鬆開了。

又是一次強烈的撞擊，比前一次還要厲害。我想我快要飛離溜滑梯上，然後摔在溜滑梯的盡頭了——如果有的話。

往下滑，不斷的往下滑。

突然不知道是什麼黏糊糊的東西黏在路克和我的臉上，我們都嚇得驚聲尖叫。我拚命用手把那些東西弄掉。

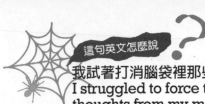

「好噁心喔！」路克大喊，「那是什麼東西啊？我的臉……！」

「好像是蜘蛛網，」我回頭對他叫道，「熱呼呼又黏答答的蜘蛛網。」

我覺得整個臉變得好癢。那些黏不拉答的蜘蛛絲，像個網子一樣罩住我的臉。我很生氣的把它們扯開。

「喔！」當溜滑梯又突然轉彎時，我忍不住喊出聲來。

撕開那些黏糊糊的蜘蛛網，我總算是把它們全給弄掉了。可是我的臉還是覺得很癢，好像有幾千隻螞蟻爬在臉上。

「這眞是太過分了！」路克在我後面吼道，「我的臉……好痛喔！」

往下滑，滑向無邊無際的黑暗。

這時，突然出現了一道刺眼的光線。

是陽光嗎？我們會滑到外面嗎？

不是。

我拚命睜開眼睛，瞇著眼看著那道黃色的光線。

這時我才明白，我看到的是燃燒的火燄。

這句英文怎麼說

我們快被燒死了！
We're going to burn up!

在溜滑梯前方的，竟然是一團熊熊的火燄！

橘黃色的火燄燒得好高，上面還冒著好大的煙霧。

我摀著臉開始慘叫。

我們正滑向一團熾熱的火燄。

「我們快被燒死了！」路克高聲尖叫，「救命啊！來人啊！救救我們啊！」

8

我閉上眼睛，感到一股熱氣撲面而來，就像是要爆炸似的。

我要被燒死了！我想。

被燒死啦！

突如其來的一陣冷空氣，讓我不由的睜開了雙眼。

那團火燄已經在我們身後。我們竟然從它中間滑了出來。

溜滑梯緩緩的轉了一個彎，我們滑行在涼颼颼的黑暗裡。我可以從頭頂昏暗的牆壁上，看到火燄反射出來的橘紅色光影。

路克和我都說出不出話來。我試著讓自己冷靜下來，別讓心臟跳得那麼快。

「好棒的特效喔！」路克發出好大一陣笑聲，一種我從來都沒有聽過的、歇

這句英文怎麼說

好棒的特效！
Great special effects!

斯底里的笑聲。

這時我才發現，原來那團火燄竟然是假的。可能是投影或什麼的。

我深吸了一口冷空氣，覺得自己這輩子從來沒有那麼害怕過。

「到底滑到盡頭了沒有？」路克的聲音裡充滿了恐懼。

永遠也滑不到盡頭，我絕望的想著。我們眞的得永遠滑下去了。

就在這種可怕的想法一直徘徊在腦海裡時，前面竟然出現了一個開口，然後有光線照進來。

「砰」的一聲。我重重的摔在柔軟的草地上。

幾秒鐘之後，路克也掉出來了。

我眨眨眼睛，好適應外面刺眼的光線。

我慢慢站起來，可是心還是怦怦怦的跳得又快又急。

一個黃綠色的牌子矗立在眼前，上面寫著：歡迎來到死亡區。人口數：0。

站在牌子旁邊的克雷很快向我們跑來，他那張圓呼呼的、粉紅色的臉上滿是笑意。

「嘿，夥伴們！」他對著我們大叫，「你們跑到哪裡去了？」他與路克互相擊掌，路克還開玩笑似的搥了他肚子一下。

「我們跑到哪裡去了？」我急急忙忙的問，「我才要問你跑到哪裡去了？」

「我就在這裡，」克雷回答，「我也不知道我是在哪裡。我猜這是樂園的另一邊或是什麼地方吧！所以我就一直在這裡等你們。」

「我們跑回死亡溜滑梯，」路克解釋說，「這次我們選了你選的溜滑梯，第十號。這趟滑行真是太酷了！」

才不過幾秒鐘之前，路克還嚇得全身發抖。可是現在他卻假裝自己愛死了那趟滑行，而且還告訴克雷有多酷。

「你選了一個很棒的溜滑梯，」路克告訴克雷。「哇，真是棒透了！」

「其實我是有點怕啦，」克雷承認，「我是說，當那團火……」

「非常棒的特效！」我弟說，「這個樂園超正點！」

路克真是個偽君子。他絕對不會承認自己有多擔心克雷，也絕對不會承認自己有多怕死亡溜滑梯。

這句英文怎麼說

路克真是個偽君子。
Luke was such a phony.

可是我還是很高興看到他又恢復原來的模樣了。我可不想再看到我弟那麼害怕、那麼驚惶失措的樣子。

「那眞是趟好長的滑行！」克雷皺著眉頭說。他羽毛般的金髮在陽光下閃閃發亮。

「我是覺得太長了一點兒。」

「我倒是很想再滑一次呢！」路克吹牛的說。

我轉身看看四周。我們一定是在恐怖樂園的另外一頭，因爲一切看起來都很陌生。在走道的對面，我看到有幾個小孩穿著泳衣，往沙地的方向跑過去。有個牌子立在沙地前面，上面寫著：恐怖急流。

在我們右邊，有棟四方形的、全都是玻璃做的建築，在陽光的反射下閃爍著光亮。那些玻璃牆上閃耀著的光芒，就像是著了火似的。我瞇著眼睛看到前面有個牌子，上面寫著：鏡屋。

「我們去鏡屋玩玩吧！」路克提議，還伸手拉拉克雷的手。

「嘿！等一下，」我高聲說，「你不覺得我們應該先找到爸和媽嗎？」

「他們一定還在樂園的另一頭，」路克一邊回答，一邊還拉著克雷穿過人行道，「我們先去玩一玩，然後再去找他們。」

「可是，他們可能正在找我們耶！」我又氣又急的說。

「這個樂園又沒有什麼人，他們會找到我們的。」路克說，「來啦，麗西——這裡看起來很好玩！」

我猶豫了一下，心裡想著爸和媽。然後，我盯著那棟布滿白光的玻璃建築。

突然，有人輕輕拍了一下我的肩膀。

我嚇得大叫，很快的回頭一看。

是個穿著綠衣服的恐怖鬼。當他向我靠過來的時候，鼓出來的眼睛還一直瞪著我。「趁著你們還可以離開的時候，趕快走！」他低聲說道。

然後，他的眼珠子很快的左看右看，像是要確定沒有人在看他似的。「真的，我是說真的！趁著你們還可以離開，快走！」

這句英文怎麼說

趁著你們還可以離開，快走。
Get away while you can.

9

我嚇得一句話也說不出來。只見那個恐怖鬼穿著那身笨重的綠衣服，吃力的轉身走開了，紫色的尾巴還拖在後面。

「他想做什麼？」克雷對我大喊。這時他和路克已經快走到鏡屋入口了。

「他……他說我們最好趕快離開這裡。」我結結巴巴的說，然後很快跑向他們。玻璃屋反射的光線很強，一時之間我根本就看不到他們在哪裡。

路克笑了起來。「那些恐怖鬼還真行！」他說，「他們就是想嚇死我們。」

克雷眼鏡後面的眼睛瞇了起來，像是在沉思。「他是開玩笑的——是不是？」他悄悄的問，「我是說，那只是個玩笑而已，對不對？」

「我不知道，」我告訴他，「不過我想是吧。」這時，我看到恐怖鬼很快消

失在那棟高大的藍色金字塔建築後面。

「那是他的工作，一整天四處走來走去，然後嚇唬別人。」路克說。

「也許他眞的是想警告我們。」克雷咕噥著，還一直盯著我看。

「別這樣！」路克用力拍了一下克雷的背，說：「別老是這麼悲觀嘛！這是個很棒的地方啊！而且你很喜歡被嚇，不是嗎？」

克雷的表情看起來還是很擔心。「我想是吧。」他很不確定的回答。

我告訴克雷，我確信那只是個玩笑，可是路克打斷我的話：「快點！我們快去鏡屋看看，好好的玩一玩。要不然等爸媽一來，我們就得走了！」

他拉著克雷往入口跑去，我緊緊跟在後面。在往那棟亮閃閃的玻璃屋的路上，又看到另一個「嚴禁招人」的牌子。

在鏡屋入口的地方有一個黃綠相間的牌子，我停下腳步來看，牌子上面寫著：鏡屋。進去前最好三思，否則再也沒有人會見到你！

「嘿——你們等一下！」我想叫住那兩個傢伙，可是他們已經急急忙忙的跑進去了。

這句英文怎麼說

別老是這麼悲觀。
Stop looking so gloomy all the time.

我走進去時，發現自己在一條又窄又黑的隧道裡。剛從外面光亮處走進來，我的眼睛還不能適應，所以什麼也看不見。

「路克、克雷——等我一下！」我大喊著。我的聲音在低矮的隧道裡迴盪，發出陣陣回音。我還聽見前面傳來路克他們的笑聲。

天花板實在是太矮了，所以我只能低著頭摸黑著跑。後來，我的眼睛終於能適應四周的黑暗。

走到隧道盡頭的時候，我發現自己走到一個天花板與地板都是鏡子的走廊。

「啊！」我驚呼一聲。因爲我看見自己反射的影子——而且有好多個。我好像被自己包圍了！

我停下來，整理了一下我的長辮子，它們幾乎都鬆掉了。然後我又叫了一次那兩個傢伙。「你們在哪裡？等我一下！」

我聽到他們在前面不知什麼地方咯咯笑。「想辦法找到我們吧！」路克說。接著又是一陣笑聲。

我沿著鏡子走廊快步走。通道一會兒往右彎，一會兒往左拐。身後全都是我自己的影子，而且影子變得越來越小，一直延伸到無盡處。

「嘿！別走得那麼快！」我叫道。

我聽見他們又咯咯咯的笑出聲來。然後一陣喀喀作響的腳步聲，好像是從鏡牆的另外一邊傳過來的。

我沿著走廊小心翼翼的慢慢走著，接著看見前面有個窄窄的出口。

「在那邊等我！我這就過去！」我嚷著。

我剛想穿過出口，「砰」的一聲——我的額頭竟然撞在一片堅硬的玻璃上。

「唷！好痛！」我痛得忍不住叫出聲來。強烈的痛楚從額頭傳到後頸，還一直痛到脊椎。

我用手扶住牆壁，靜待暈眩的感覺慢慢消退。

「麗西，妳在哪裡？快來找我們啊！」我聽見路克在叫我。

「我撞到頭了！」我大呼，並用手揉揉額頭。

我可以聽到路克和克雷的笑聲，他們的聲音聽起來像是在我後面。我轉過身，卻只看到鏡子，沒有出口。

這句英文怎麼說

別走得那麼快。
Don't get too far ahead.

我的頭還是有點痛，可是暈眩感已經逐漸消失了。我往前走，而且比剛才更小心了。我伸出兩隻手在前面探路，因爲這樣才不會又撞到什麼。

經過一個轉角，我走進一個很不一樣的房間。令我驚訝的是，這個房間的地板是一大面鏡子，而且就連牆壁、天花板和地板——也都是鏡子。我覺得自己好像站在一個鏡盒裡面。

我小心翼翼的往前走了幾步。踩在自己倒影上面的感覺好奇怪喔。

我一路走，都可以看到運動鞋的鞋面和鞋底。這樣眞的很難走，因爲這讓我覺得好像快掉到自己身上似的。

「嘿，小傢伙們——你們在哪裡？」我呼喚著。

沒有人回答。

一陣強烈的恐懼感刺痛了我的胃。

「路克？克雷？你們在那裡嗎？」當我叫他們的時候，看到鏡子裡好幾張自己的嘴巴在動，成千上萬張嘴巴。可是只有一張嘴巴發出聲音，那是我的聲音，一陣微弱顫抖的聲音。

「路克？克雷？」

一陣沉默。

「你們兩個別耍我！」我大吼，「你們在哪裡？」

我看著四面八方成千上百個自己，它們看起來都很害怕的樣子。

「路克？克雷？」

他們到底跑到哪裡去了？

這句英文怎麼說

我聽到一陣模糊的笑聲。
I heard a muffled giggle.

10

我看著鏡子裡的自己，一股恐怖的感覺猛然襲上心頭。

難道他們兩個消失了嗎？

難道他們掉到什麼陷阱裡面了？還是在迷宮一般的玻璃和鏡子中走失了？

我覺得恐怖樂園真的是太恐怖了。雖然有時候被嚇是滿好玩的，可是在這裡被嚇，實在很難分辨到底是好玩還是恐怖。

這裡是不是危機四伏？或者這一切都只是嚇人的惡作劇而已？

「路克？克雷？」我用顫抖的聲音叫著。我環目四顧，想找到任何一個出口。

一片寂靜。

我聽到一陣模糊的笑聲。

接著，我又聽到一陣竊竊私語的聲音。就在這附近。

又是一陣咯咯笑的聲音，而且這次聲音更大了一點，是路克的笑聲。

他們一定是在耍我。

「喂，這一點都不好玩！」我很生氣的喊著，「眞的！一點都不好玩！」

我聽到他們兩個轟然大笑了起來。「來找我們啊，麗西！」路克叫道。

「妳怎麼找了這麼久啊？」克雷附和。

然後又是一陣笑聲。聽起來他們只在前面不遠的地方。

我用手摸著牆上的鏡子，沿著走廊走到右邊。我得低著頭走過鏡子中間低矮的走道。

我發現自己置身在另外一個小房間，它的上下四周都布滿了鏡子。而且所有的鏡子都以很奇怪的角度傾斜著，只要我一移動，鏡子裡所有的影像就會跳來跳去。

「你們在哪裡？我離你們應該不遠了吧？」我喊著。

當我穿過房間的時候，燈光變得越來越暗。我在鏡子裡的影像也隨之變暗，

這句英文怎麼說

他們一定是在耍我。
They had been playing a little joke on me.

影子也變得比較長了。

「我們看不見妳！」克雷說。

「快點！」路克很不耐煩的叫道。

「我已經盡可能快了！」我高聲說，「留在原地別動，拜託。千萬不要走開。」

「我們沒有動啊！」路克回叫道。

「我們怎麼會一直都走不出去呢？」我聽到克雷低聲問路克。

「啊！」我的頭又撞到一片透明玻璃了。

我很生氣的手握拳頭，往玻璃上敲了一記。

我覺得這一點都不好玩。因爲我的頭實在是太痛了。

「快點啦！」路克不知道從附近什麼地方叫著，「一直在這邊等妳，很無聊耶！」

「我就來了！」我一邊低聲說，一邊揉揉我那又可憐又痛的額頭。

我拐過一個轉角，走進一間比較大的房間。這裡沒有任何鏡子，牆壁全都是玻璃做的。我停下來四處察看——然後我看到了路克。

「妳終於來了！」他大叫，「妳為什麼都找不到我們啊？」

「我一直撞到頭，」我告訴他，「我們快離開這裡吧！克雷呢？」

「啊？」路克驚訝得張大了嘴巴，開始四下尋找克雷。「他剛剛還站在這裡的啊！」他說。

「路克——我現在沒心情跟你玩這種蠢把戲，」我很生氣的說，「克雷，你躲到哪裡去了？」

「我沒躲啊，我就在這裡。」克雷說。

我往我弟那兒走了幾步，便看到了克雷。他站在一面玻璃牆後面深深的陰影裡，雙手還扶著那面玻璃。

「你怎麼跑到那裡去了？」路克問克雷。

克雷聳聳肩，「我找不到出口。」

我走向路克，然後又停了下來。我發現他站在一面玻璃牆的後面。路克和我並不在同一個房間裡。

「咦……出口在哪裡啊？」我問他。

這句英文怎麼說

我們並不在同一個房間裡。
We're not in the same room.

路克四下望了一下，「妳在說什麼啊，麗西？」

「你跟我──我們並不在同一個房間裡。」我一面回答，一面走到玻璃牆前，用拳頭敲了幾下。

「啊？」路克滿臉驚訝的走向我，也用手敲敲他面前的玻璃牆，像是要確定那裡是不是眞的有東西。

「這面牆怎麼會在這裡？」他嘀咕。

克雷開始在房間裡繞圈子，用手沿著玻璃一直摸，想要找到出口。

「站在那裡不要動，」我告訴路克，「我會想辦法走到你那裡。」

我學著克雷的方法，慢慢的沿著牆走，還用一隻手摸著玻璃。光線很暗，當我移動的時候，影子倒映在玻璃上。我可以看見自己黯淡無光的臉反射在玻璃上，我的眼睛也回望著我，看起來充滿了絕望。

在我還來不及弄清楚是怎麼回事之前，我已經繞完房間一圈了。

我又回到了原點。我沒找到任何的出口，也沒有任何的門。

「嘿！我被困在這裡了！」克雷很害怕的出聲大叫。

「我也是。」我告訴他。

「這裡一定有出口，」路克說，「要不然我們是怎麼進來的？」

「你說的對，」我很焦躁的回答，「既然我們知道怎麼進來，就應該知道怎麼出去！」於是我很快的又開始沿著牆摸索。

我的心跳得好快，就連胸口都可以感覺得到心跳的聲音。這裡一定有出口，一定有！

路克用力敲著玻璃。我看見克雷在另一個房間裡焦急的走來走去，他一邊走，一邊很用力的推著玻璃。

走了兩圈之後，我停了下來。

因爲我發現，這裡根本就沒有出口。

「我……我被困在這裡了，」我結結巴巴的說，「這裡就像個盒子一樣，一個玻璃盒子！」

「我們都被困住了！」克雷哭喊著。

路克很生氣的用拳頭敲著玻璃。

這句英文怎麼說

我們都被困住了！
We're all trapped!

「路克……別再敲了！」我大叫：「你再敲也沒有用！」

路克垂下了雙手，低聲說：「眞是太荒謬了，這裡應該有出口才對。」

「也許地板下面會有暗門或什麼的。」我說完，便開始趴在地上找。可是裡頭實在是太暗了，什麼也看不清楚。地板是很完整的一大塊，並沒有什麼門。

我又回到玻璃牆前，很沮喪的說：「這一點都不好玩！」

路克和克雷點點頭。我看的出來，他們兩個跟我一樣都很害怕。可是我比他們大兩歲，我得更勇敢一點。

但是，我覺得我自己並不勇敢。我長長的嘆了一口氣，然後把身體倚在分隔了我和路克的那面玻璃牆上。

我一靠到牆上，那面牆竟然動了起來。

我尖叫一聲，嚇得簡直要跳起來了。

那片牆慢慢的往我這裡壓過來，而且越來越近。

我很快往後退了一步，並驚惶的左顧右看，這才發現，所有的牆都向我壓過來了。

「路克！」我放聲尖叫。我看到他也開始往後退。

「這些牆！」克雷大叫，「救救我！」

「它們也往我這裡壓過來了！」路克嚷著，「每個房間都有自己的玻璃牆！」

我們三個人被困住了。

我發出絕望的低吟，試著用身體去擋住玻璃，把它推回去。

可是一點用也沒有。

玻璃盒不斷的往中間逼近，變得越來越小、越來越小。

「我們快要被壓扁了！」我大叫道。

這句英文怎麼說

我們快要被壓扁了！
We're going to be crushed!

11

「想想辦法！拜託！快想想辦法！」克雷大聲嚷著。

路克想用肩膀頂住玻璃牆，阻止它移動。可是他力氣太小了，那面玻璃牆還是向他壓過來。

我繼續往後退，舉起手像盾牌似的想擋住牆。

越來越近，越來越近。玻璃牆慢慢的、悄悄的向前移動，往我這邊壓過來。

「想想辦法！來人呀……快想點辦法吧！」我聽到克雷恐懼的驚叫。

「玻璃牆……正向我壓過來！」路克出聲大叫，「麗西……」

「我……我動不了了！」我向著他喊。

大片大片的玻璃牆，從四面八方向我壓了過來，包括了天花板和地板。

我腦海裡突然浮現出汽車被壓扁的樣子。你知道的，被一個大大的壓縮機，壓成四四方方的鐵塊汽車。

當我意識到，我可能也會被壓成一個四方形時，不禁顫抖了起來。

「哇！」當玻璃牆壓住我的時候，我忍不住放聲尖叫。「救命啊！」雖然我想要尖叫，卻只能發出一陣模糊不清的悲鳴。

我快要窒息了。

玻璃牆繼續往前移動。壓得越來越緊、越來越緊。

我快要不能呼吸了。

我用盡全身所有的力氣，想要把玻璃牆推開。

可是一點用也沒有。

我就要被壓成肉塊了！

12

現在，我已經聽不到路克和克雷的叫聲。

我只聽得到自己上氣不接下氣的急促呼吸聲。

我閉上了眼睛。

然後我感覺到，腳下的玻璃地板不見了。

當我還沒意識到是怎麼一回事之前，整個人已經開始往下墜，急速的往下墜。

我睜開眼睛，發現自己沿著一個開放的坡道不斷往下墜落，玻璃牆還在我的上面繼續轉動。

幾秒鐘之後，我整個人便「砰」的一聲跌在草地上。

這句英文怎麼說

可是一點用也沒有。
But it was no use.

緊接著，路克和克雷也跌了下來。

我們坐在草地上好一會兒，被白花花的陽光刺得直眨眼，並且不可置信的互望著。

「我們沒事。」克雷終於打破沉默，不是很確定的說道。他緩緩的站起來，整張圓臉紅通通的，眼鏡還被撞歪了，幾乎要從鼻樑上掉下來。

「我們眞的沒事耶！」路克非常開心的笑了。他站起來，高興得跳上跳下。

可是我卻高興不起來。因爲我腦子裡還一直想著車子被壓扁的畫面。

路克跑過來緊緊抓住我的雙手，把我拉了起來，說：「接下來要玩什麼？」他咧嘴笑著問。

「什麼？接下來？」我大叫，「你是說眞的嗎？」

「剛才眞的很恐怖，」克雷的臉還脹得紅紅的。「我還以爲我們一定會被壓扁了。」

「眞是太正點了！」路克說。路克已經忘了，才不過幾秒鐘之前，他還被嚇得驚聲怪叫呢！

這句英文怎麼說

他站起來，高興得跳上跳下。
He stood up and began jumping up and down for joy.

「剛才實在是太恐怖了。」克雷不斷搖著頭咕噥道。

「克雷說的對，」我同意著說，「這麼恐怖，根本就不好玩了。只要再晚一秒鐘，我們就會……」

「難道你們還不懂嗎？這就是他們的目的！」路克高聲喊著：「這就是恐怖樂園之所以恐怖的地方嘛。眞是太正點了！他們就是要讓我們以爲，下一秒鐘我們就完蛋了。可是他們把時間控制得很好，他們是要讓我們嚇得半死——然後——咻的一聲——我們根本就沒事！」

「也許你說的對。」克雷有點懷疑的說。他把眼鏡扶正，摸摸自己下巴。

「我們根本就不會受傷或者怎麼樣，」路克繼續說，「這裡是個遊樂園，還記得嗎？他們會希望你們一來再來，所以不會眞的傷害人。」

「也許吧。」克雷說。

「可是，路克，如果他們出了什麼狀況呢？」我問，「如果機器故障了呢？如果時間控制得不好呢？就拿剛才在我們腳底下的地板來說好了，如果它卡住的話，你想會怎麼樣？」

路克沒作聲，只是看著我沉思起來。

「如果地板沒有在適當的時間掉下去，你想我們會怎麼樣？」我問。

路克聳聳肩，「他們一定會確定每個環節都沒問題。」最後他這麼回答我。

我轉轉眼珠子，「是喔，當然囉！」

「有沒有人被嚇死過啊？」克雷表情非常認真的問我，「我是說，書上或電影上曾經有過類似的情節。可是這種情形，在現實生活中也會發生嗎？」

「我不知道，也許吧。」我回答。

「我敢打賭，一定有人在鏡屋裡面被嚇死。」克雷一臉認真的說。

「才不可能呢！」路克堅持道，「聽著，這裡只是個提供娛樂的場所——有點恐怖的娛樂。」路克一面說，一面望著我的身後，不知道看見了什麼。

我轉身看到一個穿著綠衣服的恐怖鬼走過去，手上還拿了一大束黑色的汽球。

路克很快跑到恐怖鬼的旁邊。「喂，這個遊樂園裡有沒有死過人啊？」路克問。

這句英文怎麼說

他們一定會確定每個環節都沒問題。
They make sure everything works okay.

恐怖鬼並沒有停下來，黑色的汽球在他頭上撞來撞去的。「只有一次。」他告訴路克。

「這裡曾經死過一個人？」路克問他。

恐怖鬼搖搖綠色的頭。「不，我不是這個意思。」

「那你是什麼意思？」路克繼續追問。

「一個人只能在這裡死一次。」恐怖鬼說，「因爲沒有人會死兩次。」

13

「你的意思是說，眞的曾經有人死在這裡？」我禁不住喊出聲。

恐怖鬼只是很快的繼續往前走，黑色的汽球撞來撞去的，飄浮的黑影襯在蔚藍的天空下，形成強烈的對比。

那個恐怖鬼的回答讓我不寒而慄。不只是他說的話，還有他說話時那種冷冷的語調，聽起來好像是在警告我們似的。

「他是開玩笑的……是不是？」克雷的聲音在發抖，而且焦躁的搔著自己的金髮。

「我想是的。」我回答他。

有一家人從我們身旁經過，往鏡屋的方向走去。他們帶著兩個大概只有五、

這句英文怎麼說

有一家人走過我們旁邊。
A family walked past us.

六歲的男孩，兩個男孩都哭得很傷心。

「我在這個遊樂園裡，看到好多小孩在哭！」我很感慨的說。

「他們膽子太小了，」路克說，「都是些膽小鬼。我們去找找看還有什麼好玩的。」

「不行，我們得先找到爸和媽再說。」我對他說。

「對，我們還是先去找他們好了。」克雷急忙附和著說。可憐的孩子，我心想他一定嚇壞了，可是還硬裝出一副無所謂的樣子，好讓路克看不出來他其實很害怕。

「急什麼？」路克抗議，「讓他們來找我們就好了。」

「可是，他們現在一定急壞了。」我堅持著，並往樂園的前門走去。

「爸會帶我們離開這裡的。」路克一邊抱怨，一邊走過來。克雷則是開開心心的跟在我後面。

我們沿著小路，經過一個破舊而且搖搖欲墜的老式木製軌道車。它大概有四層樓的高度，又寬又暗的影子映在小路上，前面還有個牌子寫著：故障。你有勇氣坐上去嗎？

「嘿，麗西，想不想上去？」路克看著停在下面軌道上、看起來十分老舊的軌道車問道。

「不想！」我和克雷異口同聲的回道，並繼續往前走。

小路沿著茂密的樹叢拐了一個彎，我們來到了一片樹林陰影下。有一個牌子上面寫著：當心樹林裡有蛇！

克雷雙手抱著頭。我們三個都瞪大了眼睛看著樹林。

這裡眞的有蛇嗎？

可是這裡實在是太暗了，什麼也看不見。茂密的樹林擋住了所有的光線。

突然，我聽見一陣微弱的嘶嘶聲。

我以爲那只是風吹樹葉的聲音。

可是沒多久之後，那聲音越來越大——好像所有的樹都對著我們發出嘶嘶的聲響。

「快跑！」我大喊。

這句英文怎麼說

突然，我聽見一陣微弱的嘶嘶聲。
Suddenly, I heard a gentle hissing sound.

我們三個人沿著小路拔腿就跑。我們彎腰躲過樹枝，運動鞋踩在地上的聲音沉重而清晰。可是樹林裡的嘶嘶聲也越來越大，越來越強。

我似乎看到一條長而深色的蛇，穿梭在小路旁的樹叢裡。但或許只是樹的影子。

跑出了樹林，重新見到了陽光，可是我們還是嚇得一路飛奔。

彎曲的小路把我們帶到幾個面目猙獰的怪獸石像前，它們看起來很凶猛的擠弄著眼睛，扭曲的嘴裡還露出又尖又長的牙，張牙舞爪的樣子像是想要捉住任何靠近它們的人。

我稍微放慢了腳步，看著那些石像。突然之間，我聽到了一陣陰森低沉的笑聲。

「那……那是從石像裡發出來的！」克雷大喊：「繼續跑！不要停下來！」

那些石像是不是朝我們逼近了？是不是正舉起它們的手？是不是在引誘我們靠近它們？

我不知道。耳邊全是它們陰森恐怖的笑聲。我低著頭沒命的往前跑，只想趕快離開這個地方。

我們三個人氣喘吁吁的沿著小路跑。一路上我沒看見任何人，就連一個恐怖鬼也沒有。

我們看到另一個招牌的時候，不禁停下了腳步。這個招牌上面有個箭頭，指向我們正在跑的方向，上面寫著：出口在前面。別擔心。你們絕對逃不出去。

我從克雷臉上的表情看得出來，他看到這個牌子的時候眞的很擔心。「這只是個笑話，這些牌子都只是好玩而已。」我這麼告訴他。

「哈、哈。」他有氣無力的說。他跑得上氣不接下氣，試著想讓自己呼吸順暢些。

路克一下子爬到克雷肩上，「嘿，克雷……背我一段路，怎麼樣？」

克雷很生氣的大喊：「快給我下來！」

路克大笑著坐在克雷肩上不肯下來。於是克雷只好跪在地上，想讓路克摔下來。

「你們兩個別再鬧了，」我說，「路克，別這麼討人厭好不好？我們還得去

這句英文怎麼說

別這麼討人厭。
Stop being such a goof.

找爸和媽。」

可是他們兩個竟然笑著滾在地上打來打去的。

「好了啦！你們兩個！」我瞪大了眼睛吼道，「快走啦！」說罷，我一把拉起路克。

克雷的眼鏡掉了。他停下腳步從草地上撿起眼鏡。我們又繼續往前走。

這條小路經過一個長方形的花園——而且裡面種的都是黑色的花！然後前面突然出現一間很大的紅色穀倉。

穀倉的大門是開著的，男孩們很快的跑到穀倉前面。我留在後面沒跟上去，四處查看著倉庫旁邊有沒有別的路。可是並沒有任何發現。

「路是直接穿過穀倉，可以通到另外一邊去，」路克出聲大叫，「快點，麗西！」他示意要我快點加入他們。

我看到穀倉大門右邊有一個小記號，上面寫著：蝙蝠倉。

「喂……那裡面有沒有蝙蝠啊？」我一邊問，一邊感覺背脊涼颼颼的。絕大多數的動物我都很喜歡，可是蝙蝠總讓我感到毛骨悚然。

路克走進穀倉，克雷卻留在後面，還站在門外。「我沒看到什麼蝙蝠，」路克對我說，「不過裡面有點黑就是了。」

一股奇怪的氣味從穀倉裡面傳出來。那是一種很奇怪、又有點酸酸的味道。

我真的很不想進去。

「來嘛，麗西，」路克叫我，「穿過這條路，就可以到另外一頭了。別那麼膽小，只要跑一下就過去了。」

我往前走了幾步，站在克雷的旁邊，往穀倉裡面瞄了一眼。

「看起來好像還好喔。」克雷小聲的說。

那股發酸的氣味變得更強烈了。「好噁心喔！」我用手把臉摀起來，「好臭喔！」

路克站在穀倉裡，抬起頭看著屋樑說：「可是那裡什麼都沒有啊！」

穀倉另一端的門是打開的。我想，大概只要花十秒鐘的時間，就可以穿越穀倉跑出去。

「走吧！」我告訴克雷。

這句英文怎麼說

那股發酸的氣味變得更強烈了。
The sour odor was much stronger.

我和他走進倉庫。那股酸味非常濃，所以我只好屏住呼吸，還用手捏住鼻子。

我們朝著對面的那道門跑去。沒想到，那道門突然「砰」的一聲關上了。

我既驚訝又害怕，急忙回頭看著剛才走進來的那道門，沒想到它突然也關上了……

「喂……」我生氣的大喊。

「怎麼回事啊？」克雷低聲問。

我們置身在全然的黑暗中。那股酸味直向我逼來，簡直是噁心極了。

然後，我聽到一陣翅膀拍得飛快的聲音。一開始的時候聲音還很小，後來卻變得很大聲，而且感覺離我們很近。

當我感覺到有什麼東西掠過我的後頸時，再也忍不住放聲尖叫起來。

14

「走開！」我發出一陣低吼，並瘋狂的揮舞著雙手，想要趕跑頭上的東西。

那陣飛快的鼓翼聲消失了。但不久之後又出現了。

「是蝙蝠！」克雷虛弱的叫了起來。我感到他緊緊的抓著我的手臂。

「我什麼也看不到！」路克喊著，「這裡實在是太黑了！」

「我……我討厭蝙蝠！」我結結巴巴的大叫。

我感覺有一隻蝙蝠在我頭上不停的振翅飛舞，還帶來一陣冷颼颼的空氣。

我發瘋似的用手朝空中胡亂揮打。

嘈雜的鼓翼聲把我們團團包圍住。

當我的眼睛慢慢適應了裡面的黑暗，看到一些黑色的影子飛快的掠過。那些

這句英文怎麼說

我害怕得兩腿發軟。
My terror made my legs shaky.

影子來來回回的飛來飛去，而且越飛越快。

有隻蝙蝠掠過我的肩膀。「哇！救命啊！」我高聲喊著。

克雷開始尖叫：「救命啊！救救我們！」

「牠們正對準了我攻擊！」路克悲慘的喊著。

不知什麼東西撞在我的肩上，我忍不住放聲大叫。

「救命啊！救命啊！」克雷喊得聲嘶力竭，喉嚨都要喊破了。可是他的叫聲幾乎都被嘈雜的鼓翼聲給淹沒。

我覺得有另一隻蝙蝠掠過我的肩膀。我摀住臉，想要摸黑走到門口。

那股酸味簡直快讓我窒息了。我害怕得兩腿發軟，幾乎要走不動了。

我感到有什麼東西用力扯我的頭髮。

然後，又有什麼扯住我的頭髮。我的頭上響起一陣很大的鼓翼聲。

這時，我聽到一種刺耳尖銳的嘶嘶聲。它聽起來很近，就像是從我身上發出來似的。而後又是一陣嘶嘶的聲音。又有什麼東西扯我的頭髮。

我不停不停的尖叫。

「牠……牠在我的頭髮裡！」我又尖叫起來，並跪倒在地。

一隻蝙蝠發出駭人的嘶嘶聲。我的頭髮又被猛的扯了一下。

我揮動著雙手，我想我打到牠了。因爲我感覺到我的手碰到一個暖暖的身軀，還有拚命振動的翅膀。我用手用力把牠推開，想把牠從我頭上趕跑。

「哦！救命啊！」我哭喊著。

那陣揮之不去的鼓翼聲與刺耳的嘶嘶聲始終環繞著我。我可以聽到路克和克雷的慘叫，可是感覺好像是在很遠很遠的地方。

又有一隻蝙蝠掠過我的臉頰。另一隻則是撞在我的肩膀上。

那些黑色的影子猛然的穿梭來穿梭去。整個穀倉裡全都是飛來飛去的蝙蝠。

「哇，救命啊！誰來救救我們啊！」

又有一隻蝙蝠掠過我的臉。我感到頭頂上飛過一股強烈的氣流，是一隻蝙蝠在我頭上鼓動著翅膀。

「救命啊！救命啊！」可是，根本就沒有人會救我們。

這句英文怎麼說

另一隻蝙蝠掠過我的臉。

Another bat brushed my face.

15

我用一隻手遮住眼睛，另外一隻手瘋狂的揮舞著，想要趕走那些蝙蝠。

我哽咽的哭著，簡直快不能呼吸了。

這時，我聽到遠方傳來路克的叫聲。那叫聲好像是從一大群由鼓翼的蝙蝠所構成的布幕後面傳出來的。

突然之間，一道光線射進了穀倉。

我整個人跪在地上，慢慢把手從眼睛上挪開，沒想到竟看到穀倉的門打開了。

路克站在門口，驚訝得張大了嘴巴，然後很快轉身看著克雷和我，說：

「我……我只是不小心碰到了門，然後它就打開了。」他解釋。

克雷的眼鏡吊在一隻耳朵上，頭上的金髮凌亂不堪。他的眼睛快速的在穀倉裡四處打量，「那些蝙蝠呢？」他嚷著。

我抬頭看看屋樑，「喂……」我大聲叫道。可是沒有蝙蝠，就連一隻蝙蝠飛過的痕跡也沒有。

我站起來，用手順了順頭髮，然後高喊道：「我們快離開這裡！」

克雷和我緊跟著路克跑出穀倉。能再看到暖暖的陽光真好！

那些蝙蝠讓我全身發癢。我不停的抓著肩膀和後頸，「我討厭蝙蝠！我真的很討厭蝙蝠！」我用發抖的聲音說。

「可是那裡根本就沒有蝙蝠，」路克咧嘴笑了起來，「那都是假的。」

「什麼？才不是咧！」克雷很生氣的大喊。「那裡有很多蝙蝠。我聽見牠們的聲音，也感覺到牠們的身體！」

「那都是特效。」路克說。

「可是，真的有東西扯住了我的頭髮，那可不是什麼特效！」我大吼。只要一想到剛才那個可怕的經歷，我就汗毛直豎。

這句英文怎麼說

那都是假的。
It was all a fake.

「都是特效啦!」路克又說了一次。「非常逼眞的特效。當然是滿恐怖的啦。」

「滿恐怖?」我大叫著說,然後走到他面前,假裝要扭斷他的脖子。「滿恐怖?我剛才可聽到你尖叫到不行喔?路克!」

他拉開我的手笑了起來:「我早就知道那不是眞的。我會尖叫,是因爲我想要嚇嚇妳。」

眞是個大說謊家!我完全不相信我弟說的話。他剛才明明就很怕,而且怕得要命。我當然知道他絕對是怕得要死!

「那裡眞的有蝙蝠,不是什麼特效。」我很生氣的堅持道。

「那門一打開,牠們跑到哪裡去了?」路克問我,「爲什麼門一開,牠們就通通不見了?」

「別再談這個了,」克雷懇求著說,「我們快去找你爸媽,好不好?」

「好,沒問題。」我同意克雷的說法,然後看看路克。「你眞是個神經病,你知道嗎?」我告訴他。

他對我吐吐舌頭。

我眞想把他打得眼冒金星。但是我不想當一個那麼暴力的人，所以只打了他肩膀一下。

他抗議似的哀號道：「妳很笨耶，麗西，妳眞的很笨。」他嘀咕著說，「居然會怕假的蝙蝠！」

我才懶得理他，繼續沿著路往前門走去。路上出現兩個恐怖鬼，他們很熱烈的交談著，並慢慢往另外一個方向走去。

「請問這是通往前門的路嗎？」我問他們。

他們完全無視於我的問題，便從我們身邊走過去。

「喂……」我叫住他們。可是他們還是邊走邊談，根本就沒有聽到我的聲音。

熾熱的陽光照在我們身上。空氣變得又熱又重，就連一點風也沒有。

我用手擦擦前額的汗水。我似乎還聞得到蝙蝠倉裡的那股酸味。那股酸味好像還留在我的手上，還有衣服上。

這時，我看到四個穿著泳裝的青少年——兩男兩女，急急忙忙穿過草地跑向一個棕色的大池塘。池邊有個招牌進入眼簾，上面寫著：鱷魚池。可任意在此游

這句英文怎麼說

我們繼續沿路往前走。
We continued along the path.

泳。

路克笑了起來，「那些人是不是瘋了？」

我們停下腳步，看著那幾個人跳進池塘裡。

「妳覺得那裡真的有鱷魚嗎？」克雷緊緊咬著下唇問。

我聳聳肩。「誰知道？我現在根本就不知道，該對這個樂園有什麼想法了。」

我們繼續沿路往前走。幾分鐘之後，我看到那座有著死亡溜滑梯的山形建築，接著巨大的圓形廣場也出現在眼前。廣場上空無一人，就連推車子賣冰淇淋的恐怖鬼也不見了。

「你們覺得爸和媽會去哪？」我問。

「他們也許已經找了我們好幾個鐘頭，現在都快要抓狂了。」路克緊皺著眉頭說。

「他們在哪裡？」克雷哭叫著，聲音聽起來真的非常沮喪。「我們一定得找到他們！」

「他們是不是在那裡？」路克指指一座石製噴泉影子下的一男一女。

我用手遮住陽光往那裡看過去。那個女的很高，有著一頭黑髮。男的則是長得矮矮的，還留著金髮。

「沒錯！就是他們！」我高興的叫起來，拔腿便往噴泉的方向跑去，對他們大叫道：「媽！爸！」

兩個男孩緊跟在我後面。

「媽！爸！嘿……」我很高興的大喊。那兩個人一轉身，臉上露出非常吃驚的表情。

「喲！」當我看到他們並不是爸媽時，不禁叫出聲來。我很快停住腳步，卻和從後面跑過來的路克撞個正著。

「對不起，」我對那對一頭霧水的夫婦說：「我們認錯人了。」

我們三人匆匆穿過廣場。我可以聽見狼人村裡傳出的狼嚎。那個賣冰淇淋的推車孤單的擺在靠近死亡溜滑梯的入口旁。

「他們到底在哪裡？」克雷哀傷的問，「我開始覺得餓了。」

「對啊，已經過了午餐時間了。」我很同意他的看法。

這句英文怎麼說

他們很驚訝的看著我。
They stared at me in surprise.

「他們可能在任何地方，」路克很不高興的用腳踢著走道上的小石子，說：「他們可能會在這個樂園裡任何一個角落。」

我嘆了一口氣，「我們到有遮陰的地方找找看。太陽越來越大了。」

我們往死亡溜滑梯的陰涼處跑去。突然間，兩個穿著綠衣服的恐怖鬼出現在眼前，大大的黃眼珠子還鼓在外面。

我不假思索的便跑上前去問他們。「你們有沒有看見我爸媽？」我上氣不接下氣的說。

他們很驚訝的看著我，「妳爸媽？」其中一個恐怖鬼問。

「對，」我點點頭，「我媽是黑頭髮。我爸有點矮，頭髮是金色的。」

「嗯……」兩個恐怖鬼互相對望了一眼。

「我媽穿了一件鮮黃色的夏裝。」我告訴他們。

「我爸戴了一頂芝加哥小熊隊的棒球帽。」路克補充道。

「喔，對了，我記起來了。」那個女的恐怖鬼回答。

「妳見過他們？」我迫不及待的問。

她點點頭。「對，我見過他們。可是他們已經走了，差不多是在半個鐘頭前離開恐怖樂園的。」

「什麼？」我簡直是不敢相信的盯著她。

「他們希望我轉告你們一句話。」恐怖鬼說。

「一句話？什麼話？」我問。

「再見。」恐怖鬼答道。

這句英文怎麼說

他們離開的時候，我就在門口。
I was at the gate when they left.

16

「妳亂講！」我生氣的大喊，「他們才不會離開！」

「差不多半個鐘頭之前。」恐怖鬼又說了一次。她穿著那套矮胖的怪物服，聳聳肩說：「他們離開的時候，我就在門口。」

「可是……可是……」我吞吞吐吐起來。

這時，那兩個恐怖鬼竟然轉身走向廣場旁的一個小白棚。

「喂！等一下！」我跑向他們。「你們一定是弄錯了。我爸媽絕對不會丟下我們的。」

他們兩個走進棚子後便消失了，然後棚子的門「碰」的一聲關了起來。

我轉身走向路克和克雷。他們茫然的望著我。

「她一定是弄錯了，」我告訴他們，「爸和媽一定還在這裡，我敢肯定！」

「可是她爲什麼說……」克雷本想說什麼，可是卻說不下去。我看的出來他很擔心，也很沮喪。大顆大顆的汗珠從他粉紅色的額頭上流下來。

路克試著開玩笑。「我想，這下子我們就有一整個遊樂園可玩啦！」他勉強笑著說。

「眞好笑，」我諷刺的說，「我們又沒有錢，而且又離家十萬八千里。」

「我們可以打電話叫人來啊。」路克建議。

「這裡沒有電話。」克雷咕噥著。他低下頭，雙手塞在短褲口袋裡，轉過身背對著我們。

「喔，對喔！」路克像記起什麼似的說：「他們曾告訴過爸，遊樂園裡沒有電話。」

「這眞是太過分了，」我簡直快要氣炸了，「他們都是騙子！所有的恐怖鬼都是騙子！」

「我想，那就是他們的工作吧，」路克說，「他們騙人，好讓我們嚇得半死。」

這句英文怎麼說

大顆大顆的汗珠從他粉紅色的額頭上流下來。
Beads of sweat ran down his pink forehead.

所以這裡才會叫恐怖樂園。」

「這裡應該改名叫愚蠢樂園。」克雷很難過的說。

「可是我覺得這裡好酷喔！」路克抗議道，「我很喜歡被嚇得失去理智。難道你不是嗎？」他用力推了克雷一下。

「不是。」克雷輕聲的回答。這回，他沒有把路克推回去。

「至少關於爸和媽的事，她騙了我們，」我很堅定的說，同時看著那個白色棚子。「她只是想嚇唬我們罷了。爸和媽一定還在這裡。我們只要找到他們就沒事了。」

「好，我們走！」路克催促著說，「希望我們可以很快找到他們，因爲我眞的越來越餓了。」

我們在遊樂園裡找了好幾個鐘頭。我們穿過陰暗神祕的森林，以及奇怪的怪物村。

此外，我們還經過一個有好多很可怕遊樂設施的樂園區。

在吸血鬼村的另一頭，我們經過一棟名爲怪物園的建築物。雖然它的門是關著的，可是我們還是可以聽見從裡面傳出各種恐怖的哀號、慘叫和低吟。

接著我們看到一棟很長的黃色建築，外面立了一個牌子：斷頭台博物館。請小心你的腦袋。路克想要進去，但克雷和我阻止了他。

恐怖樂園出人意外的冷清。很多穿著鮮綠色衣服的恐怖鬼從我們身邊跑過去，還有少數幾家人晃來晃去，而且身邊總是有著哭鬧的小孩。

樂園區的遊樂設施都在空轉。所有的小吃攤、還有餐廳，也都空無一人。

我們已經來到遊樂園的另外一頭了。我感到越來越焦慮。

爲什麼我們還找不到媽和爸？我們應該早就找到他們了。

克雷變得非常沉默。我看得出來他眞的很怕。就連路克也顯得意興闌珊，垂頭喪氣。

當我們又走回鱷魚池時，我的心情眞是糟透了。我穿過綠意盎然的草地，走到池邊看著棕色的池水。

「那些跳進去游泳的人，會不會出什麼事啊？」路克一邊問，眼睛還看著池

這句英文怎麼說

我們應該早就找到他們了。
Surely we should have seen them by now.

塘。

「那些鱷魚會不會吃掉他們？」

「也許吧。」我回答。其實我並沒有認眞在聽他說話，因爲我整個腦子裡都在想著媽和爸。

「嘿，你們看！」克雷指著池水大叫。

我看到兩根浮在水上長長的、綠棕色的木頭，慢慢漂向我們。過了一會兒之後，我才發現它們竟然是鱷魚。

「好大的鱷魚喔！」克雷輕聲驚歎。

「最好站遠一點。」我警告他們。

我們三個人站在池塘邊。鱷魚靜悄悄的潛在靜止的水面下，然後朝岸邊游了過來，沒有激起一點漣漪。

「爸媽沒有丟下我們！」這句話我不知道已經說過幾百次了。

「可是我們什麼地方都找過了，還是沒找到他們啊。」路克很小聲的說。

「他們沒丟下我們，」我說，「他們絕對不會丟下我們不管。所以……」我猶豫了一下。現在的我根本就無法思考，而且滿腦子充滿了恐懼的念頭。

「所以怎麼樣？」克雷很急切的問。

「所以，如果他們不在遊樂園裡，」我繼續說：「那就表示他們一定是發生什麼事了。一定是發生了什麼不好的事。」

克雷嚇得喘個不停。路克瞇起藍眼睛看著我，「妳這是什麼意思？麗西？」

「我是說，也許這裡眞的很邪惡，」我說，「而且，也許恐怖鬼或誰傷害了爸和媽。」

我低頭看著棕色鱷魚輕鬆而毫不費力的游向我們。

「這眞是太荒謬了。」路克喃喃說道。

我知道這個想法是很荒謬。可是除此之外，我沒有別的解釋。

「我對這個遊樂園有一種很不好的感覺，眞的很不好的感覺。」我告訴他們。

話還沒說完，我便感到一雙強而有力的手從身後抓住我，並且還把我往鱷魚池一推！

這句英文怎麼說

我沒有別的解釋。
I had no other explanation.

17

我禁不住放聲尖叫。

然後我發現，我並沒有被推到池子裡。那雙手只是扶著我的肩膀。

我轉身一看，「爸！」我哭喊著。

「麗西！」爸的手還扶著我的肩膀，「你們跑到哪兒去了？」

「我們整個遊樂園找了幾百遍了！」媽站在我們身後的草地上問道，雙手還插著腰。

「我們一直在找你們！」我高聲叫道。

「他們說，你們已經走了！」路克說。

「我們眞的很害怕。」克雷插嘴道。

我們立刻七嘴八舌的談了起來。我好高興看到他們。我看的出來，路克和克雷也非常開心。

我曾經想過，爸媽會不會發生了什麼可怕的事情。以前我從來不會這樣胡思亂想的。

可是恐怖樂園是個這麼恐怖的地方。待在這裡，很難讓人不產生一些很恐怖的念頭。

「我想回家。」我說。

「你們有沒有找到電話？」克雷問，「找到車子沒有？」

爸搖搖頭：「沒有，沒有電話。那幾個穿著綠衣服的怪物沒有騙我們。遊樂園裡真的沒有電話。」

「不過那些恐怖鬼對我們不錯，」媽插嘴說，「他們要我們不用擔心任何事情。」

「他們說，等我們準備要離開的時候，只要回到售票亭就好了。」爸說。

媽很溫柔的用手拂拂路克的頭髮，「你們有沒有玩什麼遊戲啊？」

這句英文怎麼說

我們玩了好多恐怖的遊戲。
We did a lot of scary stuff.

「我們玩了好多恐怖的遊戲！」路克告訴她。

「眞的很恐怖。」克雷補充道。

「我眞的好餓喔！」路克說。

爸看了看手錶，「已經過了午餐時間了。我想大家一定都餓壞了。」

「餐廳和小吃攤都在遊樂園的另外一頭。」媽說。

「我們可不可以吃了午餐就離開這裡？」我很著急的說。我對恐怖樂園還是有種很不好的感覺。我很想趕快離開這裡，而且離得越遠越好。

「妳媽和我只顧著找你們，」爸用手擦擦曬得通紅的前額上的汗水，「我們什麼都還沒有玩呢！」

「在離開這裡之前，大家至少要一起玩個什麼吧？」

「可是我只想快點離開這裡，」我很急的說，「我眞的很想離開。」

「麗西，妳是怎麼了啊？這一點都不像妳。」媽的口吻裡有著責備的語氣。

「她嚇到了啦，」路克告訴他們，「她是個膽小鬼。」

「也許會有哪樣遊戲，可以直接把我們帶到遊樂園前面，」爸建議，「我們可以在玩了那項遊戲後，吃了午餐再走。」

「聽起來不錯，」媽說。然後她看著我問：「妳覺得怎麼樣？」

「我想……」我嘆了口氣，接著告訴她，「我只是覺得這裡所有的遊戲都太恐怖了，一點都不好玩。」

路克笑了起來，「對麗西來說是太恐怖了點兒……可是對我和克雷來說一點兒也不會。」他說，「你說對不對？克雷？」

「那個蝙蝠倉是滿恐怖的。」克雷承認。

我們離開鱷魚池，穿過綠草如茵的池邊，來到一條小路。一對穿著綠衣服的恐怖鬼出現在眼前，兩個人低聲說個不停。

這時遠方傳來一個女孩高分貝的尖叫聲。這尖叫聲一而再、再而三的迴盪在空中。

而後，前方又傳出了狼嚎。然後不知藏在樹叢哪裡的擴音機裡，則是傳出一陣很邪惡的笑聲，那種陰森森的笑聲接連不斷的出現。

「好像在恐怖電影裡面喔！」媽說。

這句英文怎麼說

我不覺得他們會喜歡那裡。
I don't think they'd like it.

「真有意思。」爸說，還把一隻手放在我的肩上。「奇怪，我們怎麼從來都沒聽說過這個遊樂園？」

「他們應該在電視上做廣告，就會有更多人來玩了。」媽說。

我們走過一個高大狹長的綠色建築物，前面立了一個牌子，上面寫著：自由落體。唯一不需要繩子的高空彈跳。

「想不想試試看？」爸用手捏捏我的肩頭，還對我咧嘴一笑。

「我不想。」我很快的說。

路克一路走在最前面。他轉過身面對著我們倒著走，等著我們趕上他。「爸跟媽應該試試死亡溜滑梯，」他很開心的笑著說：「那裡真的好正點！」

他難道忘了，他那時候有多害怕了嗎？

「我不覺得他們會喜歡那裡。」我很小聲的說。

「也許我們可以找個沒那麼恐怖的遊戲。」克雷建議。

爸笑了起來，「你們玩得還開心嗎？克雷？」

克雷猶豫了一下。「還好啦。」最後他是這麼說的。

「我玩得開心極了！」路克說。

小路順著一條棕色的小河拐了個彎，大概有幾百萬隻白色的小蟲在河面上飛舞。在陽光的映照下，牠們看起來就像是一粒粒小小的、發光的鑽石。

接著一棟棕色的小船屋進入我們眼簾。在小船屋的後面，可以看到一艘狹長的獨木舟，停在木製碼頭的下方載浮載沉。

船屋的旁邊立著一個牌子，上面寫著：棺材之旅。通往墳墓的放鬆之旅。

「也許會很好玩喔！」媽一邊說，眼睛還一直盯著那幾艘小船。

「我想這條河是往遊樂園的前方流，」爸說，「我們就玩這個吧！」

路克大聲叫好，便往碼頭的方向直奔。

我一個人慢吞吞的走在後面。當我踏上碼頭，好一會兒之後才發現，原來浮在棕色水面上的並不是獨木舟——而是棺材！

這些棺材是用黑色發亮的木頭做成的。蓋子是打開的，可以看見裡面鋪著紅色的絲緞。每一個棺材都可以容納一個人。

我的背脊開始感到一股涼意。「我們眞的要爬進這些棺材裡嗎？」

這句英文怎麼說

我玩得開心極了！
I'm having a great time!

「它們看起來很舒服啊，」媽笑著對我說，「這裡的河水看起來很平靜，麗西。不會很恐怖的啦！」

「我要第一個進去！」路克嚷著，然後跑向木製碼頭的盡頭。

這時出現兩個恐怖鬼，幫我們爬進棺材。「往後躺，好好享受一下吧。」其中一個恐怖鬼告訴我們。

「這也會是你們最後一次玩了。」另一個恐怖鬼低聲說。

等我們都躺進棺材裡之後，恐怖鬼鬆開繩子，用力把我們推離碼頭。

我竟然躺在這裡，我心想，躺在我的棺材裡！

我們都躺在這裡，我們一家人，全都躺在自己的棺材裡。

棺材輕輕柔柔的漂在水中。我抬頭望著蔚藍的天空。當我們漂過去時，兩岸的樹木迎風搖擺。

這種感覺眞的很棒，而且很放鬆。

可是爲什麼我還是覺得，將會有什麼恐怖的事發生呢？

18

我平躺在棺材裡，看不到其他人。可是我可以聽到他們的棺材漂過我旁邊時所激起的水花聲。

「感覺眞好，好放鬆哦。」媽很開心的說。

「好無聊喔！」路克在我的前方大聲嚷著，「這有什麼恐怖的？」

「這只是一趟很棒的棺材之旅，」爸告訴他，「要不然，你以爲我們不是漂在水上嗎？或者你以爲這個棺材有什麼陷阱？」

「我可以像這樣子漂上幾個鐘頭。」媽說。

「這裡的遊戲時間都很長。」克雷輕輕的說道。

「天空裡是不是有一隻老鷹？你們看到沒有？」爸問。

還大。

「那不是老鷹，我敢打賭那是隻禿鷹！」路克說：「牠看到這些棺材，所以等著要吃掉我們的肉！」他大笑起來。

「路克……你哪來這些可怕的想法啊？」媽問。

「也許路克應該住在恐怖樂園裡！」爸開玩笑說道：「我們可以弄一套恐怖鬼的綠衣服給他穿，一定會很合適！」

「他根本不用穿那套衣服，就很像恐怖鬼了。」我取笑著路克。我現在開始覺得好過一點了，而且我想，應該不會有什麼恐怖的事情發生在我的家人身上吧。我躺在棺材裡，兩手輕鬆的放在身體兩側，像是作夢似的看著老鷹在晴朗的天空裡盤旋。棺材輕輕的浮在水上，還濺起溫柔的水花聲。

一切是這麼的愜意……這麼的安靜……然後，在我還來不及叫出聲音之前，棺材蓋「碰」的一聲關了起來。我陷在一片全然的黑暗裡。

這句英文怎麼說

天空裡是不是有一隻老鷹？
Is that a hawk up in the sky?

我用手擋住刺眼的陽光，試著在天空中找到老鷹。果然在我的正上方，有一個黑色的影子翱翔在高空中，看起來只比一個黑點

19

「喂……」我忍不住喊出聲來。但是厚重的棺材蓋，讓我的聲音聽起來模模糊糊的。

我聽到其他人的棺材蓋也猛然闔上的聲音。

「喂……放我出去！」我用雙手使勁推著棺材蓋，可是它卻動也不動。

我深吸了一口氣，再試了一次。這次我雙手雙腳並用，可是那個笨重的棺材蓋還是沒有移動。

我的心跳得好厲害，覺得胸口簡直都要爆開了。

密閉棺材裡的空氣變得好熱好悶。

「快點打開！快點打開！」我大聲尖叫。

這句英文怎麼說

空氣變得很混濁。
The air began to feel really stale.

我再次試著想推開蓋子。這時，我隱約可以聽到旁邊的克雷發出尖叫聲。這個可憐的傢伙簡直快要叫瘋了。

我一面大聲呻吟，一面使盡所有力氣想把蓋子往上推。可是棺材蓋就連一公分也推不開。

冷靜一點，麗西。冷靜一點。我不斷告訴自己。這只是個愚蠢的遊戲。棺材蓋隨時都會打開。

我深呼吸了一口氣，靜待蓋子打開。

我從一數到十。

然後又數了一遍。

可是棺材蓋根本就沒有打開。

我閉上眼睛，從一數到五十。我告訴自己，當我數到五十的時候，等我睜開眼睛，棺材蓋就會打開了。

「……二十二、二十三、二十四……」我大聲數著，聲音聽起來又細又悶。

我覺得呼吸越來越困難，空氣變得很混濁。

數到二十五的時候，我停下來睜開眼睛。可是蓋子並沒有打開。

棺材裡好熱。太陽直曬在棺材蓋上，裡面又沒有空氣，再過一會兒我就會被烤焦了！

我嚇得想尖叫，可是卻發不出任何聲音。

我大口大口的喘著氣。

我聽到外面的哭喊尖叫聲。

那是媽在尖叫的聲音嗎？

「這不過是個遊戲罷了，」我大聲說，「一個很蠢的遊戲。等一下蓋子就會打開了……就是現在！」

可是蓋子還是沒有打開。

空氣變得好熱，又熱又悶。

爲什麼棺材蓋不打開呢？

爲什麼？

我試著讓自己不要那麼驚慌，可是我做不到。我全身都在發抖，前額還滲出

這句英文怎麼說

一定是什麼地方出問題了！
Something has gone wrong!

冷冷的汗水。

「一定是什麼地方出問題了！」我大聲哭叫，「棺材蓋應該要打開的……可是它沒有！」

我憤怒的用手使勁推著棺材蓋。因爲推得太用力，手臂變得好痛。可是棺材蓋還是動也不動。棺材在水裡晃得越來越厲害了。

我頹然放下手來，而且因爲吸進了太多熱空氣，覺得胸口很悶，整個身體都在顫抖。

突然，我覺得兩腿癢癢的，一種刺痛的感覺爬上腳踝。

然後爬上我的腿。

一種很痛、像是有什麼東西爬在上面的感覺。

不知道是什麼東西，慢慢沿著我的腿往上爬。

什麼小小的、刺人的東西。

「啊！」我發出了一聲低沉驚恐的呻吟。

是蜘蛛！

20

我試著想抓抓腿，可是手卻怎麼樣也搆不著。被困在這麼狹小的棺材裡，整個身體根本就動彈不得，更別說是彎下身子去抓腿了。

那股刺痛的感覺繼續往上蔓延。

我好想放聲尖叫，可是卻咳了起來。

突然之間，棺材蓋竟然彈開了。白花花的陽光幾乎讓我睜不開眼睛。

「哦！」我坐了起來，面對刺眼的陽光不斷眨著眼睛。這時，其他人也已經從棺材裡爬起來了。

我發瘋似的拚命抓腿。但出乎我意料之外的是，那裡根本就沒有蜘蛛，就連一隻蟲子也沒有。

這句英文怎麼說

他們真是太過分了。
They really went too far.

棺材停靠在一個小碼頭前。我用兩手撐著棺材，努力想要站起來。

「我們快點離開這裡！」我聽到克雷哭喊著。

「太恐怖了！」媽尖聲叫道。

路克什麼也沒有說。只見他的臉一片蒼白，黑髮被汗水黏在前額糾成一團。

「他們眞是太過分了！」爸很生氣的說：「我一定要去投訴！」

「我們快點離開就是了！」媽對爸這麼說。

我們全部爬上了碼頭。我順手拉了克雷一把，然後深呼吸了幾口新鮮空氣。

爸從碼頭跑向廣場，我們緊跟在他後面。「到售票亭那裡去！」他回頭對我們喊道。「就在那裡！」他用手指指那邊。

棺材之旅帶我們來到了樂園前面。我看到了大門，還有大門前面一排綠色的售票亭。

「這趟棺材之旅眞是糟透了！」克雷搖著頭說。

「我兩條腿都好癢，一直以爲是螞蟻在咬我！」路克說。

「我以爲是蜘蛛！」我告訴他。

「我真搞不懂，他們是怎麼辦到的？」路克像是深思似的問道。

「我才不在乎呢，」我回答，「我只想趕快離開這裡。我恨死這個地方了！」

「我也是。」克雷同意。

「他們實在是太過分了，」媽上氣不接下氣的從後面小跑步追上我們，「這趟旅程實在是太恐怖了，一點樂趣都沒有。我剛才都快要窒息了。」

「我也是。」我對媽說。

「嘿，我們要怎麼回家啊？」路克突然看著媽問：「我們的車子已經爆炸了。」

「我想，那些穿著綠衣服的恐怖鬼會借我們車，」媽回答，「他們告訴你爸說，只要回到售票亭就可以了。」

「我們可不可以先停下來去吃點披薩？」路克要求。

「我們得先離開這裡，然後再吃午餐。」媽這麼告訴他。

廣場裡空無一人，看不到任何一個活人。

我們跟著爸走到第一個售票亭。他轉過頭來看著我們，露出失望的表情。「售票亭關閉了。」

這句英文怎麼說

爸跑得氣喘吁吁的。

Dad was breathing hard from running all the way.

果然，窗戶上的鐵柵欄是拉下來的。跑了這麼長一段路，爸跑得氣喘吁吁的。他用手撥了撥前額被汗水浸濕的金髮，然後說：「再去那裡看看。」

我們跟著他跑到另一個售票亭。結果也是關著的。

然後下一個售票亭，還是關閉的。

沒多久我們便發現，所有的售票亭都是關閉的。

「好奇怪。」路克不斷搖著頭。

「難道他們今天不想接待其他遊客嗎？」媽問爸，「他們怎麼會把所有的售票亭都關上呢？」

爸聳聳肩說：「我們得找個人來問問。」他邊說邊在空曠的廣場上四處搜尋。

我跟著爸一起沿著廣場四處查看，但還是看不到任何人。沒有一個遊客，也沒有一個恐怖鬼。

「我們到那邊找找看。」爸說著便走向售票亭後面一棟低矮的綠色建築，那看起來像是辦公室。

可是那裡同樣也是關著。爸想打開門，可是門卻鎖上了。

爸不自覺的搔搔腦袋。「這裡到底是怎麼回事啊？所有的人都跑到哪裡去了？」

媽抓住他的手臂，柔聲的說：「眞的很奇怪耶。」

我看了看路克和克雷，只見他們兩個肩挨著肩，站在辦公室前的走道上沉默不語。

「你確定就是這些售票亭嗎？」我問。

「對，」爸有氣無力的回答，「就在前門入口的地方。」

「大家都跑到哪裡去了？」媽緊咬著下唇，一副很擔心的樣子。

「也許停車場會有人，」我建議，「像是停車服務員或是什麼的。他們一定可以告訴我們，可以在哪裡租車回家。」

「好主意，麗西。」爸輕輕摸了一下我的頭，就像我還是小女孩的時候一樣。

我本來以爲路克一定會取笑我一番，可是他卻不發一語。我想是因爲他太擔心、也太沮喪了。

「走嘛。」我催促著大家，然後便掉頭跑過那些空蕩蕩的售票亭，恐怖樂園

這句英文怎麼說

可是他卻不發一語。
But he didn't say a word.

巨大的金屬大門就矗立在售票亭的後面。

我停下腳步，看著其中一個售票亭旁的牌子。上面寫著：沒有出口。沒有任何人能夠活著離開恐怖樂園！

「哈哈！」我嘲笑了起來，「這些牌子還眞是唯恐天下不亂，是不是？」

我跑了一段路，來到了大門口。我試著拉拉大門，可是怎麼樣也打不開。於是我又試著用推的看看，可是門還是動也不動。

這時，我看到大門上掛著一條帶著大鋼鎖的鍊子。

我費力的吞了一口口水，回到大家身邊，告訴他們。

「我們被鎖在裡面了！」

21

「什麼？」爸一臉迷惑的看著我，整個臉都扭曲了。我想他並不相信我的話。

「我們被鎖在裡面了！」我又說了一次，然後用雙手捧起那只笨重的金屬鎖，再鬆手把它放下來，當它撞在大門的柵欄上，還發出好大的「鏘」一聲。

「這不可能！」媽用手摀住兩頰大呼，「他們不可以把我們關在遊樂園裡！」

「這也許只是個玩笑，」路克說，「這裡每件事都是在開玩笑，也許這件事也是。」

我又把那個笨重的鎖拿起來，很不高興的說：「可是這看起來並不像個玩笑，路克。」

「這裡應該有其他的門，可以讓我們出去才對。只不過我們還沒有看到罷

這句英文怎麼說

你想，我們可不可以爬上圍籬？
Do you think we could climb the fence?

了。」爸說。

「我們該怎麼辦？」克雷哀聲問。他的臉脹得紅紅的，呼吸也變得很急促。

「其他人都跑去哪裡了？」路克的聲音聽起來快要哭了。「他們得讓我們離開這裡！他們一定得讓我們離開！」

「大家冷靜點，」爸把手搭在路克肩上，「別慌。這裡是很怪，不過應該還不至於很危險才對。」

「爸說的對，」媽插嘴道，「不必怕。我們很快就可以離開這裡回家了。」她勉強擠出笑容。

「等我們回到家，我買披薩和大罐冷飲給你們，然後我們會開始嘲笑今天在恐怖樂園裡的恐怖經歷。」爸對我們如此承諾。

「可是，我們要怎麼離開這裡？」路克悲慘的叫喊起來。

「這個嘛……」爸用手摸摸他的下巴。

「你想，我們可不可以爬上圍籬？」我問。大家都抬起頭來看著鐵籬的頂端。它高過我們的頭，至少有二十呎那麼高。

「我爬不上去！」克雷出聲大叫：「我一定會掉下來的！」

「它眞的是太高了。」媽立刻說。

「眞是個爛主意。」我嘀咕了一句。

一大片白色的雲飄過來，遮住了太陽。我們幾個人的影子在人行道上變得越來越長。天氣很快變得有點涼了。

這時，我的背脊感到一股寒意。

「一定有什麼方法可以離開這個爛樂園！」我很生氣的嚷著。我舉起那個門鎖，又把它重重摔回門上的柵欄。

「冷靜一點，麗西，」爸很平靜的對著我說：「只要找到樂園裡任何一個工作人員，他們會告訴我們該怎麼離開的。」

「呃……爸……」我一轉身，看到路克緊抓著爸的手臂，「他們來了。」

一大群恐怖鬼穿過廣場向我們走來，嚇得我們全都尖叫起來。他們以穩健的速度，非常有節奏的走過來，而且一點聲音也沒有。

不過幾秒鐘之前，整個廣場上還空無一人。可是現在卻充斥著穿綠衣服的恐

這句英文怎麼說

我的背脊感到一股寒意。
I felt a chill run down my back.

怖鬼，並且向四周擴散，像是隨時準備要包圍我們似的。

我感到一陣驚恐，膝蓋不停的發抖。我害怕的看著他們逐漸向我們逼近，怕得連話都說不出來，甚至連動都不敢動。

「他們想做什麼？」克雷整個身體顫抖著躲在爸的身後，然後大吼道：「他們想做什麼？」

22

那群恐怖鬼靜靜的朝我們逼近，我們嚇得都縮成一團。只聽到那些怪物的腳步踩在人行道上，以及他們長長的紫尾巴拖在地上發出窸窸窣窣的聲音。

「這裡有好幾百個恐怖鬼！」媽低聲說。她一隻手緊緊抓著爸的手臂，另一隻手則環住我的肩膀，把我拉得更近一點。

我們的背靠在鐵圍籬上，絕望的看著那些齜牙咧嘴的綠色臉孔，而那些鼓在外面的黃眼睛，好像在殘忍的嘲笑著我們。

最後，他們在我們前面幾呎遠的地方停了下來。

整個廣場上仍然鴉雀無聲，是一種令人恐懼的寂靜。

太陽仍然躲在一片很大的雲朵後面。兩隻大黑鳥猛的自灰色的天際俯衝而

這句英文怎麼說

她朝我們露出熱情的微笑。
She flashed us a warm smile.

下。

我們非常害怕的看著那些恐怖鬼，而他們也一直盯著我們看。

我費力吞了口口水，緊挨著媽。我感覺得到，她的全身都在發抖。

我深吸了一口氣，大聲吼道：「你們想做什麼？」我的聲音聽起來就連我自己都嚇了一跳。

這時，其中一個年輕的女恐怖鬼向前走了一步。我嚇得想要倒退，可是我的背還是緊緊靠在圍籬上，根本就沒有退路。

「你們想做什麼？」我用顫抖的聲音再問了一次。

恐怖鬼把我們每個人都打量了一遍，接著用一種很興奮的口吻說：「我是來向你們表達謝意的。」

「啊？」我忍不住叫出來。

「我是恐怖樂園的負責人。我們全體非常感謝你們今天的光臨。」她朝我們露出熱情的微笑。

「妳的意思是，我們可以離開了嗎？」路克躲在爸身後問道。

「當然，」恐怖鬼很親切的笑著說：「不過首先，我們全體非常感謝你們能夠參加『恐怖樂園偷拍秀』的節目。」

這時，在她身後的恐怖鬼們開始鼓掌歡呼。

「啊？妳是說，這是什麼節目？」爸皺起眉頭。

「看到那些攝影機沒有？」負責人指指廣場上兩根很高的柱子上面。

我抬頭一看，果然發現上面有兩具攝影機。

「妳是說，我們全都上電視了？」路克高喊。

「從你們一踏進恐怖樂園，我們的隱藏式攝影機就四處跟著你們。從我們炸掉你們的車子那個最精采的畫面開始，攝影機便一直跟在你們旁邊。而且我相信，坐在家裡的觀眾都愛死你們臉上各種驚恐的表情以及害怕的尖叫聲了！」

「等一下，」爸生氣的高喊。他向前走了一步，兩隻手還緊緊握著拳頭。「妳是說，這是個電視節目？我們怎麼從來都沒有看過？」

「本節目是每週末在怪物頻道播出。」恐怖鬼回答。

「哦，」爸很快的回答，然後垂下眼睛。「我們沒有裝第四台。」

這句英文怎麼說

你是說，這是個電視節目？
You say this is a TV show?

「你們應該裝，」恐怖鬼告訴他，「因爲你們錯過了怪物頻道很多很棒又很恐怖的節目。」

所有的恐怖鬼又開始鼓掌歡呼。

「嗯，你們個個身手矯健！」負責人繼續說著。當她說話的時候，黃色的眼睛還不停的上下顫動。「非常感謝你們的加入。爲了表達我們的感激之意，我們準備了一輛新車，正在停車場等著你們！」這時，恐怖鬼又發出一陣鼓掌聲與歡呼聲。

「一輛新車？眞是太棒了！」路克說。

「妳的意思是說，我們可以離開了嗎？」克雷膽怯的問。

恐怖鬼點點頭。「是的，你們現在可以離開了。眞正的出口在右邊，只要穿過那道門就是了。」

她用手指指靠近圍籬盡頭一棟很高的綠色建築。我看到一道黃色的門在它的側邊。

「只要打開那道黃色的門就是了，」那個恐怖鬼說：「再次謝謝你們參加『恐怖樂園偷拍秀』！」

在所有的恐怖鬼熱烈鼓掌的時候，我們離開了圍籬，拔腿就往出口的方向跑去。

「我簡直是不敢相信，我們竟然一直都在電視上！」媽說。

「而且，我們還得到一輛新車呢！」路克很高興的說。他又開始跳上跳下的，然後跳到克雷的背上，差點就害他摔了一跤。

我笑了起來。眞高興路克又恢復正常了。

「我們一定得裝第四台！」路克告訴爸，「我很想看怪物頻道。一定很正點！」

「而且我們得裝了怪物頻道，才能看到自己在電視上的樣子。」媽說。

我第一個跑到黃色的門前，然後把門拉開走了進去。我發現自己走進一個很大的房間，從天花板上發射出來的白色燈光，照著白色的牆壁閃閃發亮。

「這就是出口？」我大叫。

當我們都走進房間之後，門突然「碰」的一聲關了起來，把大家都嚇了一跳。

突然，所有的燈都熄滅了。

這句英文怎麼說

歡迎來到恐怖樂園的挑戰。
Welcome to the Horrorland Challenge.

「歡迎來到恐怖樂園的挑戰！」一個低沉、恐怖的聲音透過擴音器說。

「啊？」在全然的黑暗中，我極目四望，想要看到什麼東西——任何東西都好。

「你們有一分鐘的時間，通過怪物障礙賽，」那個聲音說，「請記住，所有的遊戲都已經結束。這回可是來真的。你們現在是在賭命！」

23

「我們中計了！」我聽到爸非常憤怒的說。他氣得大吼：「放我們出去！」

「跑！」擴音器裡傳來那個低沉的聲音說道：「你們還剩五十六秒！」爸很生氣的又大吼了一次。這時房裡亮起一盞微弱的燈光，只看到一隻長著四隻手的怪物往我們這邊走過來，大家全都嚇呆了。

「啊！」我不假思索的大叫出聲。

那隻怪物長得像大猩猩那麼大，紅色毛茸茸的臉上，有一雙巨大的綠眼睛，嘴巴旁邊還淌著口水。牠一張開嘴，兩排長長的獠牙便露在紫色的薄嘴唇外面。

「別發呆！快跑！這是場障礙賽！」擴音器裡的聲音不耐煩的說，「你們還剩下五十秒可以活！至少努力把這場比賽給比完！」

這句英文怎麼說

這是場障礙賽！
This is an obstacle course!

那隻怪物發出一陣低吟，在昏暗的燈光下笨重的向我們走過來。牠的嘴巴張得很大，像是隨時準備要吃人一樣。牠四隻巨大、長滿爪子的手還不斷的在空中揮舞著。

我嚇得動彈不得，因爲實在是太害怕了，根本就跑不動。

突然間，我感到有隻手猛的抓住我，把我整個人拖了過去。

我知道是爸，是他把我拉到比較安全的地方。

這時，我聽到兩個男孩害怕的尖叫聲。當我們踉踉蹌蹌的往前跑的時候，跑在我旁邊的媽還不時撞到我。

「快跑！快跑！」又是那陣低沉的聲音在催促我們，聲音大到蓋過了路克和克雷的尖叫聲。

燈光實在是太暗了，我根本就看不到自己在往哪裡跑。一片模糊中，隱約只能看到晃動的腳步和影子。

那隻怪物發怒般的發出震耳欲聾的嘶吼，我用手遮住耳朵，繼續往前跑。

怪物的四隻怪手想要捉住爸，可是卻撲了個空。

我們很快從牠身邊跑了過去。

這時，有兩隻很像是起重機的大鳥出現在眼前，看起來至少有十呎高。牠們一面高聲尖叫，一面拍打著巨大的翅膀，像是帳篷在強風中被吹打的聲音。

「哦！救命啊！」剛才那是我發出來的尖叫聲嗎？我難道會被那些又熱又拍個不停的翅膀給團團包圍？然後因此而窒息？無法呼吸？

「不……饒了我吧！」

我該怎麼逃出去？

接著，我被六隻長得像豬一樣，嘴裡有著又尖又利的彎牙的怪物追著跑。牠們一面追著我跑，一面還發出駭人的咆哮聲。

我們全家的尖叫聲幾乎要蓋過那些大鳥的鼓翼、低吟和嘶吼聲。

然後，我聽到爸放聲大叫。在昏暗的燈光下，只見到他奮力想從那隻四手怪物的手中掙脫。

「不！」當我感覺到有什麼東西熱呼呼的環住我的腳踝時，忍不住尖叫起來。是一隻毛茸茸的怪蛇！

這句英文怎麼說

我該怎麼逃出去？
How did I break away?

我一面尖叫，一面瘋狂的踢著雙腿，想把那隻怪蛇給踢到黑暗裡。

可是我還來不及跑開，另一隻毛茸茸的怪蛇又纏上我的腿，而且很快就纏得很緊。那隻蛇發出嘶嘶的叫聲，我彎下腰來用力踢了牠一腳，把牠甩到一邊。

「快跑！快跑！」擴音器裡又出現了催促聲，「還剩二十秒！」

這時有更多怪物出現在我們眼前。有一隻長得很像大蜥蜴的黃色怪物，不斷吐著像鞭子似的黑舌頭，還不停的流著口水。還有一個毛茸茸的球狀物，一邊彈跳一邊發出低吼，三張大嘴裡還露出尖銳的獠牙。

還有一隻不斷嘶嘶作響的蛇、眼裡閃爍著紅光的超級大蟲、一直嘶吼著長得像豬一樣的怪物。然後，有隻很像熊的怪物出現在我們眼前。牠雙腳站立，黑色的大圓頭往後仰，爪子不停的在空中揮舞，還發出像土狼一樣的號叫。

「救命啊！」只聽到路克一陣慘叫，我看到他被其中一隻大鳥的翅膀給圍住，然後便消失了。

當那隻大鳥緊緊捉住路克時，還高興得發出有如勝利般的呼聲。

「還有十秒！」又響起了那陣催促聲。

「不！」我大叫一聲，跑向那隻大鳥，抓住牠揮舞著的翅膀，想把它們用力拉開。

路克從翅膀裡滑了出來，我們兩個立刻拔腿就跑。

怪物低吼著、鼓翼著、嘶吼著、尖叫著。

「我們……逃得掉嗎？」路克用微弱的聲音問道。

我根本就沒機會回答他。

兩隻強而有力的爪子攔腰捉住了我，先是把我舉到空中，接著又把我硬生生的往地上丟。

我的肚子重重的摔在地上，前額還撞到地板。

我整個人被摔得頭暈目眩，迷迷糊糊中抬起頭來一看，竟看到一隻長得像大象一樣的巨無霸怪物，正打算用牠又大又毛的象腿把我給踩扁。

這下子我可逃不掉了。我想。

這下子我逃不掉了。

這句英文怎麼說

我根本就沒機會回答他。
I didn't have a chance to answer.

24

那隻怪物扁平的大腳正不疾不徐、好整以暇的向我壓過來。

一切都好像是慢動作一樣。

我想要從牠的腳下溜掉。

可是剛才摔了一下，我簡直都快要不能呼吸了。所以現在我只能躺著，眼睜睜的看著那隻怪物的大腳向我壓過來。

「哦！」我快要喘不過氣來了。我逃不掉了。

我可以感覺到那隻怪物腳上的熱氣，甚至還可以聞到牠身上腐臭的味道。

那隻大腳壓到我的肚子了。

我閉上眼睛，等待痛苦的來臨。

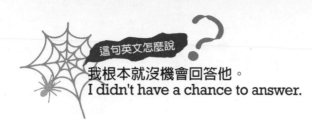

突然一陣刺耳的蜂鳴器聲響，讓我睜開了眼睛。

那陣聲音在整個房間裡迴盪著。

那隻怪物竟然從我身上收回牠的大腳，慢慢的走開了。牠走動的時候，震得整個房間晃動不已。

我還活著嗎？我很懷疑。

或者我只是在作夢，夢見自己還活著？

難道那隻怪物真的沒把我壓扁就離開了嗎？

那陣刺耳的蜂鳴器聲又響了起來，隨後又嘎然而止。這時擴音器裡響起了一個女人的聲音。

「時間到！」是恐怖樂園負責人的聲音，就是帶我們進入恐怖障礙賽的那個女的。

「時間到！真是場既緊張又刺激的比賽啊！」她很興奮的說。

我呻吟了一下，掙扎著想站起來。在昏暗的燈光下，我發現所有的怪物都已經消失了。

這句英文怎麼說

真是場既緊張又刺激的比賽啊！
What a thrilling race!

「眞是場硬仗，」恐怖樂園負責人透過擴音器繼續說：「有沒有任何生還者？」

「有的。」一個低沉的聲音回答。

「有多少生還者？」那個女的問。

「三個，」那個聲音說：「五個人之中，只有三個生還者。」

25

我突然感到一股寒意。

我嚇得張大了嘴，卻叫不出聲音。然後我站了起來。

五個人裡面，只有三個生還者？

這意思是說，我們五個人當中，有兩個人死了？

我的胸部仍然隱隱作痛，兩條腿還抖個不停。透過昏暗的燈光，我瞇著眼睛，絕望的想找到其他人的蹤影。

在房間中央，我看到路克和克雷。他們兩個緊緊的靠在一起，茫然的往遠處的牆走過去。

「嘿……」我試著叫住他們，可是聲音卻小得不得了。

這句英文怎麼說

讓我們給他們一陣熱烈的掌聲！
Let's give them a round of applause!

爸跟媽到哪裡去了？

他們兩個被怪物殺死了嗎？

五個人裡面只有三個生還者。五個人裡面只有三個生還者。

「不、不、不……」我聽到自己恐懼的聲音，迴盪在整個房間裡。

「抱歉，出了點小差錯。」那個低沉的聲音說：「是五個人裡面，有五個生還者。」

「五個人裡面有五個生還者！」恐怖樂園的負責人興高采烈的叫道：「這是一項新紀錄！過去從來沒有出現過這麼好的成績！讓我們給他們一陣熱烈的掌聲！」

我深呼吸了一口氣，然後屏住氣，試著讓自己別再發抖。

他們沒事！我真是高興極了。爸跟媽沒事！

這時我看見了爸媽。他們用手挽著路克和克雷，蹣跚的往我這裡走來。

「我們都沒事！」我一邊叫，一邊伸出雙臂很快跑向他們。「我們都沒事！」

我們五個人擠在黑漆漆的房間中央，哭著抱在一起。

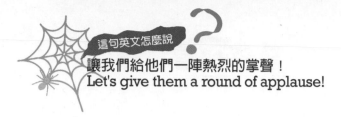

爸的手臂上有一道很深的傷口，而且還流著血。是被一隻怪物抓傷的。

除此之外，沒有人受傷，只是大家都嚇壞了。

「現在該怎麼辦？」路克用顫抖的聲音問，「他們會讓我們走嗎？」

「他們絕對要負起責任！」爸很生氣的說：「他們絕對無法在對遊客這麼做之後，還不用付出任何代價。我才不管它是什麼爛節目！」

「那些怪物是真的！」我顫抖著說：「那不是假的，牠們是真的想把我們殺掉！」

「我們要怎麼離開這裡？」路克問，「他們會讓我們離開嗎？」

我們七嘴八舌的討論起來，聲音裡充滿了恐懼。

霎時間，天花板上的燈全都亮起來了，整個房間裡流瀉著白花花的光線。樂園負責人打斷了我們的談話。「讓我們給我們的贏家，一陣最熱烈的掌聲！」她很高興的宣布。

突然，我們腳下的地板開始傾斜，我們全都嚇得放聲大叫。我抓住爸，然後我們所有的人都開始往下滑。

這句英文怎麼說

讓我看看你的臉！
Let me see your face!

地板就像溜滑梯一樣的傾斜起來。我們滑出了那個房間——掉在外面的廣場上。

當恐怖樂園的負責人上前迎接我們時，在她身後那一大群恐怖鬼又拍手歡呼起來。我整個人感到昏昏的，不過還是想辦法站了起來。

「你們怎麼可以這樣子對我們！」我大吼。

我實在是太憤怒了。我不知道自己在做什麼，實在是太生氣了。

我二話不說便上前走向那個女人，一把抓住她臉上的面具，想把它扯下來。

「你們不可以這麼做！你們根本沒有權利這麼做！」我高聲大叫：「讓我看看妳的臉！讓我看看妳到底是誰！」

我用盡所有力氣，用力扯下那張面具。

然而當我發現事情的眞相時，卻忍不住驚聲尖叫起來。

26

她並沒有戴面具！

那個怪模怪樣的綠色臉孔，是她真正的臉！

我發現，她並沒有穿什麼怪物服。沒有一個恐怖鬼是穿著怪物服的。

我嚇得往後退了一步，舉起雙手想要保護自己。「你……你們是真的怪物！」我結結巴巴的說。

他們對我點點頭，醜陋的臉上露出了微笑，黃眼睛還開心的抖動起來。

「你……你們全都是怪物！」我禁不住大叫。「可是……可是你們說，這只是個電視節目啊！」我吞吞吐吐的問那個樂園負責人。

她用那雙鼓起來的黃色眼睛看著我，「我可以很得意的說，這是怪物頻道收

這句英文怎麼說

她並沒有戴面具！
She wasn't wearing a mask!

視率最高的節目，」她很開心的說：「非常感謝有你們這麼優秀的參賽者加入。全世界有將近兩百萬的怪物觀眾，正在收看怪物頻道呢！」

「可是……可是……」我一邊結結巴巴的說，一邊又往後退了一步。

「大家都不把我們當成一回事，」她繼續說道，「人們來到恐怖樂園，總以爲一切都是開玩笑而已。大家覺得樂園裡的各種警告牌都很可笑，也覺得所有的遊戲和有趣的地方都很可笑。可是對我們而言，樂園裡的一切都是很嚴肅的。所有的一切都是。」

爸往後退了一步，然後站在我旁邊，憤怒的緊握雙拳：「但是，你們怎麼可以對無辜的人做這種事？」他大吼：「你們不能把人們帶到這個樂園裡折磨他們，然後……然後……」

「喔，很抱歉。這個星期的節目時間已經到了，」負責人打斷爸的話，然後搖著她巨大的綠頭顱說：「很遺憾，是該向我們這週的貴賓道別的時候了。」

「等一下……」爸大叫，還舉起雙手，示意大家安靜下來。

可是那一大群恐怖鬼沉默的直把我們往前推，我們不得不跟著他們向前走。

「讓我告訴你們，『恐怖樂園偷拍秀』的道別方式吧。」樂園負責人說。

爸想要抵抗，可是幾個恐怖鬼卻猛然撞了他一下。他們用身體推撞著我們，一直把我們往前推，推到廣場旁一個圓型的紫色水池前。

我們根本無力反擊。因爲他們數目實在是太多了。

他們就像牧羊犬帶著牛群似的逼著我們往前走。幾秒鐘之後，我們便站在紫色水池的邊緣了。

一股臭味自水池裡冒出來。水池裡紫色的液狀泡泡還不停的啵啵作響，發出很噁心的聲音。

「放我們走！」路克尖叫道：「我想回家！」

恐怖樂園的負責人完全無視於他的哀求，只是把一隻腳踏在冒著泡泡的水池邊，說：「道別總是令人感傷的，所以我們試著以一種比較有趣的方式來道別。」

「放我們走！」路克哀求道。爸把手放在他的肩膀上，想安撫他。

樂園負責人拿起一顆很大的石頭，把它舉在那個冒著泡泡的噁心池塘上方便停住了。「你們看……」她笑著對我們說。

接著她一鬆手，那顆石頭掉進水池裡。

那顆石頭掉下去的時候，發出了一陣巨大的聲響，然後便被池水給吞沒了。

「你們看，道別是不是很容易呢？」那個恐怖鬼轉身對我們說：「現在，你們是要自己跳下去，還是要別人把你們推下去？」

這句英文怎麼說

道別總是令人感傷的。
Saying good-bye is always sad.

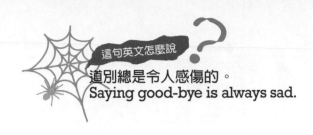

27

那群恐怖鬼開始無聲無息的向我們逼近。而且越來越近、越來越近。

克雷往後退了一步，一不小心被我的腳給絆倒，幾乎要跌進那個紫色的水池裡。我一把抓住他，直到他站穩爲止。

現在，我們五個人都被逼得站在池塘的邊緣了。

一股酸臭味飄向我，讓我覺得很想吐。濃稠紫色的池水淹過了腳踝，像是要爬過來捉我似的。

「媽！爸！」我大聲哭叫起來。其實我知道，現在叫他們也沒有用，因爲我們都完蛋了。

我知道，這次我們是逃不掉了。

這句英文怎麼說

一股酸臭味飄向我。
The sour odor swept over me.

不知不覺中，我們的手緊緊握在一起。

「你們是要自己跳下去，還是要別人把你們推下去？」樂園負責人又說了一次。

「我眞的覺得很抱歉，」爸完全無視於她的話，低聲對我們說：「我眞的很抱歉把你們帶到這裡。我……我不知道……」他說著說著竟哽咽了起來，還垂下了眼睛。

「爸，這不是你的錯！」我這麼告訴他，並緊緊握住他的手。

當我緊握住他的手時，突然有了一個主意。

那是一個很不可思議的主意，甚至可以說是一個很愚蠢的主意，一個非常瘋狂的主意。

我知道我一定得試試看。因爲這是我現在唯一想得到的辦法。

「大家都覺得樂園裡的一切很可笑，」恐怖樂園的負責人是這麼告訴我們的，「可是對我們而言，所有的事情都是很嚴肅的。」

所有的事情都是很嚴肅的……

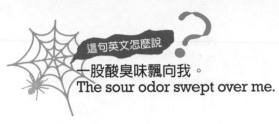

很嚴肅的……

現在，樂園負責人就站在我前面，等著我們自己跳進池子裡送死，讓我們淹死在紫色的水池裡。

我知道這是我最後的機會，雖然我知道這個想法很瘋狂。

可是我知道，我非得試試不可。

於是我走到那個負責人的面前，使盡力氣在她的手臂上一掐。

這句英文怎麼說

她張大了嘴巴。
Her mouth opened wide.

28

她張大了嘴巴，吐出一大口氣。

她拚命想要掙脫，可是我一直狠狠的抓著她的手不放，而且還掐得更用力了。這時，我突然想起路克那句吵死人的話，喊著：「瘋狂掐人魔又出現啦！」

她黃色的眼珠子不停的轉來轉去。「不要！」她懇求道。

我掐得越來越用力。

她的嘴巴張得大大的，發出很大一聲「呼」的聲音，然後一陣空氣很快從她嘴裡冒出來，我不由的嚇得大叫出聲。

我不禁往後退了一步。

當那陣空氣從她嘴裡跑出來之後，她就像洩了氣的汽球一樣，整個人都扁掉

了。眼看著她整個人扁掉，然後癱在地上，我簡直都看傻了。

這時，其他的恐怖鬼憤怒的叫嚷起來：「快來給她充氣！」其中一個恐怖鬼喊道：「快點給她充氣！」

恐怖鬼一面朝我們走來，一面發出瘋狂的叫聲與嘶吼聲。

「掐他們！」我對著全家高聲喊道：「快掐他們！那個『嚴禁掐人』的牌子我們覺得很可笑，可是對他們來說卻是很嚴肅的！只要掐掐恐怖鬼，他們就會立刻扁掉。」

這時有個恐怖鬼衝上來，伸出手想把我推進水池裡。我用力掐他手臂，幾秒鐘之後，他就扁掉了。

只聽到「呼」的一聲，空氣從他嘴巴裡跑出來，他就扁掉了。

我看到路克也弄扁了一個恐怖鬼。

呼！又有一個恐怖鬼被弄扁了，而且整個身體都癱在地上。

只要掐掐他們就行了。

整個廣場上充斥著恐怖鬼驚惶失措的叫聲。

這句英文怎麼說

我們頭也不回的便往空蕩蕩的停車場跑去。
Without looking back, we ran out into the empty parking lot.

那些害怕的恐怖鬼嚇得掉頭就跑。用「四處逃竄」這幾個字來形容，可能還貼切一點。他們在樂園裡到處亂跑，而且一邊跑還一邊尖聲怪叫。

看著那些恐怖鬼全都溜掉了，我很高興的感到如釋重負。「看到沒有？只要掐一下，就全部搞定了！」我沒想到自己竟然也會說出這種俏皮話。

其他人根本就沒聽見我說什麼。他們正開心的彼此擁抱歡呼，而且還高興得跳來跳去。

「我們快離開這裡！」我大叫著跑向前門，其他人緊跟在我後面。

前門是開著的。我想是恐怖鬼打開的，因爲他們以爲我們一定會淹死在那個紫色的池子裡，不可能逃跑。我們頭也不回的便往空蕩蕩的停車場跑去。

到了停車場，我們不由的停下了腳步。「沒有車子。」我低聲說。

在興奮中，我們早忘了車子已經被炸掉了。

我虛弱的嘆了口氣，覺得自己就跟恐怖鬼一樣，像是洩了氣的汽球。「現在怎麼辦？」我看著寬闊平坦的停車場問。

「用走的太遠了，」路克大喊：「我們要怎麼離開這裡？」

「那些巴士！」媽用手指了指說。

我順著她指的方向，把目光轉向停車場另一邊那排紫綠相間的巴士。它們在午後陽光的照射下顯得閃閃發亮。

「好耶！」爸興奮的大叫，「也許我們可以坐巴士離開這裡！」

我們很快往巴士的方向跑去。

「你們最好祈禱他們把鑰匙留在車上了。這是我們唯一的機會！」爸說。

「快點！」路克突然高喊：「他們來了！」

我的心臟噗通噗通跳得好急。我轉身往大門方向一看。果然，一大群恐怖鬼蜂湧而至，向我們追過來了。

「別白費力氣了！你們是逃不掉的！」其中一個恐怖鬼尖叫道。

「沒有人能夠逃出去！」另一個恐怖鬼大吼。

「快點！」路克大嚷：「快點！他們要追上我們了！」

這句英文怎麼說

用走的太遠了。

It's too far to walk.

29

恐怖鬼緊跟在我們身後，還不停的咆哮想嚇唬我們。我們拚命往那排巴士的方向跑去。

我心跳的怦怦聲，幾乎和我的運動鞋跑在路面上發出的聲音一樣大。我的喉嚨好乾，腰也覺得好痛。

可是我還是拚了命的往前跑。

「你們是逃不掉的！」

「別再逃了！」

「放棄吧！」

恐怖鬼憤怒的聲音離我們越來越近。可是我根本顧不得回頭去看他們是否追

得上我們。

第一輛巴士的門是開著的。爸率先走向那輛車子，連滾帶爬的進到車子裡。

媽跟在兩個男孩後面，也爬進車子裡。

巴士的引擎像咳嗽似的發出了一陣低吼，然後我也很快的爬進車子裡。巴士門在我身後「碰」的一聲關上。

「爸……車鑰匙！」我大叫。

「好！鑰匙在這裡！」爸高興得大喊：「大家坐好！我們要走了！」他踩下油門，巴士加速往前駛去。

我整個人摔到走道上，跌在後座的路克和克雷身上。

「快點！他們要追上來了！」路克和克雷著急的大叫。

透過巴士緊閉著的窗戶，我可以聽見恐怖鬼憤怒的吶喊。

「我們沒事了！」爸緊握著巴士的方向盤說：「我們沒事了！我們就要離開這裡了！」

「好耶！」我很高興的叫出來。

我們高聲歡呼了起來。從離開停車場到駛回高速公路，我們一路上都高興的叫個不停。

在回家的路上，我們一直歡呼慶祝。

這趟回家的路花了好幾個鐘頭，可是我們並不在乎。因爲我們都安全了！我們成功的逃離恐怖樂園了！

當爸把車子開到家時，已經是晚上了。

「家，甜蜜的家！」我很開心的喊著。

我們迫不及待的下了車。我深呼吸了一口氣，伸展一下四肢。今晚的空氣顯得特別甜美和新鮮。月光照著前院的草坪，看起來閃閃發光。

然後我看到了他，一個恐怖鬼，他緊緊趴在巴士後面。「喔，不！」我大聲尖叫。

「你在這裡做什麼？」爸問。

「你一路都趴在巴士後面跟著我們？」路克用不可置信的口吻問他。

恐怖鬼從巴士後面跳下時，我嚇得發抖。他用黃色的眼珠子很生氣的瞪著我

這句英文怎麼說

他踩下油門。

He lowered his foot on the gas pedal.

們，接著快速朝我們這裡走來。

克雷和路克嚇得躲在爸的後面，媽則是害怕得張大了嘴巴。

「你想做什麼？」我大叫。

他伸出綠色的大手，說：「我們忘了給你們明年的免費招待券了！」

我是莫里斯家最冷靜的人。
I'm the calm one in the Morris family.

我要走這條岔路。
I'm going to take this turnoff.

我知道他不是在生我的氣。
I knew he wasn't mad at me.

你最好掉頭。
You'd better turn around.

該吃午餐了吧？
Is it lunch-time?

我的心跳得好厲害。
My heart was pounding so hard.

那裡看起來好像滿可怕的。
It looks kind of scary.

停車場好空喔。
The parking lot is nearly empty.

這裡一定很好玩！
This is going to be very cool!

我得打電話報警！
I've got to call the police!

你根本不需要擔心你的車。
You will have no need to worry about your car.

你現在正在氣頭上。
You're in such a frantic state.

那隻狼發出了一聲低吼。
The wolf let out a deep growl.

那個牌子是特別為你準備的。
It was just a dream.

實在太暗了，什麼也看不到。

It was too dark to see anything.

我選了三號溜滑梯。

I chose slide number three.

我覺得有點頭昏。

I'm a little dizzy.

完全沒有克雷的蹤影。

No sign of Clay.

我想，那是她的工作。

I guess that's her job.

我們靜靜的爬上坡道。

We climbed the ramp in silence.

這次我沒有尖叫。

I didn't scream this time.

我試著打消腦袋裡那些悲觀的想法。

I struggled to force those frightening thoughts from my mind.

我們快被燒死了！

We're going to burn up!

好棒的特效！

Great special effects!

路克真是個偽君子。

Luke was such a phony.

趁著你們還可以離開，快走。

Get away while you can.

別老是這麼悲觀。

Stop looking so gloomy all the time.

別走得那麼快。

Don't get too far ahead.

我聽到一陣模糊的笑聲。
I heard a muffled giggle.

他們一定是在耍我。
They had been playing a little joke on me.

我們並不在同一個房間裡。
We're not in the same room.

我們都被困住了！
We're all trapped!

我們快要被壓扁了！
We're going to be crushed!

可是一點用也沒有。
But it was no use.

他站起來，高興得跳上跳下。
He stood up and began jumping up and down for joy.

他們一定會確定每個環節都沒問題。
They make sure everything works okay.

有一家人走過我們旁邊。
A family walked past us.

突然，我聽見一陣微弱的嘶嘶聲。
Suddenly, I heard a gentle hissing sound.

別這麼討人厭。
Stop being such a goof.

那股發酸的氣味變得更強烈了。
The sour odor was much stronger.

我害怕得兩腿發軟。
My terror made my legs shaky.

另一隻蝙蝠掠過我的臉。
Another bat brushed my face.

- 那都是假的。
  It was all a fake.
- 我們繼續沿路往前走。
  We continued along the path.
- 他們很驚訝的看著我。
  They stared at me in surprise.
- 他們離開的時候，我就在門口。
  I was at the gate when they left.
- 大顆大顆的汗珠從他粉紅色的額頭上流下來。
  Beads of sweat ran down his pink forehead.
- 我們應該早就找到他們了。
  Surely we should have seen them by now.
- 我沒有別的解釋。
  I had no other explanation.
- 我們玩了好多恐怖的遊戲。
  We did a lot of scary stuff.
- 我不覺得他們會喜歡那裡。
  I don't think they'd like it.
- 我玩得開心極了！
  I'm having a great time!
- 天空裡是不是有一隻老鷹？
  Is that a hawk up in the sky?
- 空氣變得很混濁。
  The air began to feel really stale.
- 一定是什麼地方出問題了！
  Something has gone wrong!
- 他們真是太過分了。
  They really went too far.

爸跑得氣喘吁吁的。
Dad was breathing hard from running all the way.

可是他卻不發一語。
But he didn't say a word.

你想，我們可不可以爬上圍籬？
Do you think we could climb the fence?

我的背脊感到一股寒意。
I felt a chill run down my back.

她朝我們露出熱情的微笑。
She flashed us a warm smile.

你是說，這是個電視節目？
You say this is a TV show?

歡迎來到恐怖樂園的挑戰。
Welcome to the Horrorland Challenge.

這是場障礙賽！
This is an obstacle course!

我該怎麼逃出去？
How did I break away?

我根本就沒機會回答他。
I didn't have a chance to answer.

真是場既緊張又刺激的比賽啊！
What a thrilling race!

讓我們給他們一陣熱烈的掌聲！
Let's give them a round of applause!

讓我看看你的臉！
Let me see your face!

她並沒有戴面具！
She wasn't wearing a mask!

道別總是令人感傷的。

Saying good-bye is always sad.

一股酸臭味飄向我。

The sour odor swept over me.

她張大了嘴巴。

Her mouth opened wide.

我們頭也不回的便往空蕩蕩的停車場跑去。

Without looking back, we ran out into the empty parking lot.

用走的太遠了。

It's too far to walk.

他踩下油門。

He lowered his foot on the gas pedal.

給你一身雞皮疙瘩！

木偶驚魂

Night of the Living Dummy

木偶會說話的惡夢成眞了！

孿生姊妹琳蒂和克莉絲撿到了一個腹語術專用木偶，
並給它取名叫「小巴掌」。
琳蒂與小巴掌的腹語表演，獲得了同學及鄰居們的喜愛，
克莉絲因此非常嫉妒，直到她也擁有了一個腹語術木偶。
只不過，這個木偶不只害她們姊妹倆吵架，
當你不注意時，它還會……

萬聖夜驚魂

Attack Of The Jack-O'-Lanterns

你確定，跟你一起上街要糖的朋友是「人」嗎！

杜兒和華克決定在今年萬聖節教訓愛整人的同學，
誰教他們之前隨便欺負人！
可是，似乎有什麼事不太對勁，
因爲他們準備的南瓜頭道具，
出乎意料的嚇人，而且也太眞實了點……

每本定價 199 元

雞皮疙瘩系列 08

恐怖樂園

原著書名——One Day At Horrorland
原出版社——Scholastic Inc.
作　　者——R.L. 史坦恩（R.L.STINE）
譯　　者——陳昭如
責任編輯——劉枚瑛、何若文
文字編輯——葉名峻

國家圖書館出版品預行編目 (CIP) 資料

恐怖樂園　/ R. L. 史坦恩 (R. L. Stine) 著；陳昭如譯 .
-- 2 版 . -- 臺北市：商周出版：家庭傳媒城邦分公司發行，
民 104.09 176 面；14.8 x 21 公分 . -- (雞皮疙瘩系列 ;8)
譯自 :One day at horrorland
ISBN 978-986-272-854-3(平裝)
874.59　　104013482

版　　權——翁靜如、吳亭儀
行銷業務——林彥伶、石一志
總 編 輯——何宜珍
總 經 理——彭之琬
發 行 人——何飛鵬
法律顧問——台英國際商務法律事務所 羅明通律師
出　　版——商周出版
臺北市中山區民生東路二段 141 號 9 樓
電話：(02) 2500-7008 傳真：(02) 2500-7759
E-mail：bwp.service @ cite.com.tw
發　　行——英屬蓋曼群島商家庭傳媒股份有限公司城邦分公司
臺北市中山區民生東路二段 141 號 2 樓
讀者服務專線：0800-020-299 24 小時傳真服務：(02)2517-0999
讀者服務信箱 E-mail：cs @ cite.com.tw
劃撥帳號——19833503 戶名：英屬蓋曼群島商家庭傳媒股份有限公司城邦分公司
訂購服務——書虫股份有限公司客服專線：(02)2500-7718；2500-7719
服務時間：週一至週五上午 09:30-12:00；下午 13:30-17:00
24 小時傳真專線：(02)2500-1990；2500-1991
劃撥帳號：19863813 戶名：書虫股份有限公司
E-mail：service@readingclub.com.tw
香港發行所——城邦（香港）出版集團有限公司
香港 灣仔 駱克道 193 號超商業中心 1 樓
電話：(852) 2508-6231 傳真：(852) 2578-9337
馬新發行所——城邦（馬新）出版集團
Cité(M) Sdn. Bhd. 41, Jalan Radin Anum,
Bandar Baru Sri Petaling, 57000 Kuala Lumpur, Malaysia.
電話：(603)9057-8822 傳真：(603)9057-6622
商周出版部落格——http://bwp25007008.pixnet.net/blog
政院新聞局北市業字第 913 號

美術設計——王秀惠
印　　刷——卡樂彩色製版有限公司
總 經 銷——聯合發行股份有限公司 新北市 231 新店區寶橋路 235 巷 6 弄 6 號 2 樓
電話：(02)2917-8022 傳真：(02)2911-0053

■ 2003 年（民 92）08 月初版
■ 2021 年（民 110）10 月 07 日 2 版 3 刷
■ 定價 / 199 元

ISBN 978-986-272-854-3

Goosebumps : vol#16 One Day At Horrorland

Printed in Taiwan
城邦讀書花園
www.cite.com.tw

Goosebumps®

Goosebumps®